MW01048054

LOS GUARDIANES
DE LA MAGIA

EL
RELOJ
DE
**ARENA
ETERNO**

LIBRO PRIMERO

LOS GUARDIANES
DE LA MAGIA

EL
RELOJ
DE
ARENA
ETERNO

LIBRO PRIMERO

ERICA KIROV

TRADUCCIÓN DE ISABEL MARGELÍ

Rocaeditorial

Título original: *Magickeepers*
Copyright © 2009 by Erica Kirov

Primera edición: octubre de 2010

© de la traducción: Isabel Margelí
© de esta edición: Roca Editorial de Libros, S.L.
Marquès de l'Argentera, 17. Pral.
08003 Barcelona
correo@rocajunior.com
www.rocajunior.com

Impreso por Brosmac, S. L.
Carretera Villaviciosa - Móstoles, km 1
Villaviciosa de Odón (Madrid)

ISBN: 978-84-9918-177-6
Depósito legal: M. 3.3617-2010

Para mi padre, por inculcarme el orgullo de mi herencia rusa.
A mi madre, por enseñarme a vivir en el presente.
Y a mis hijos, Alexa, Nicholas, Isabella y Jack,
por enseñarme qué significa amar.

«¡El poder del pensamiento, la magia de la mente!»
LORD BYRON

«La magia de la lengua es el hechizo más peligroso.»
EDWARD BULWER-LYTTON

«Mi cerebro es la llave que libera mi mente.»
HARRY HOUDINI

LIBRO PRIMERO

EL
RELOJ
DE
ARENA
ETERNO

ÍNDICE

LIBRO PRIMERO

EL RELOJ DE ARENA ETERNO

PRÓLOGO

Teatro Princesa de Montreal, Canadá, 1926

EL MISTERIOSO HOMBRE DE LA CAPA DE LANA NEGRA, en cuyas rodillas descansaba su sombrero de copa, ocupaba el asiento central de la primera fila del Teatro Princesa; una larga e hirsuta barba le había crecido en absoluto desorden, como un nido de pájaros después de una tormenta. El hombre, de ojos claros dotados de acusado magnetismo, aguardaba el final del espectáculo sin hablar con nadie, ni siquiera con su acompañante, pero en cambio observaba con gran atención cómo el mago más famoso del mundo, Harry Houdini, anunciaba su siguiente truco desde el escenario:

—Damas y caballeros, les presento mi última invención: «la celda de tortura acuática».

El público enmudeció. Houdini era bajo, musculoso y moreno, y como única prenda de vestir llevaba un simple bañador negro. Su mujer, Bess, lo cubrió de cadenas y a continuación hicieron subir al escenario a un policía que se encontraba entre el público, ataviado con un pulcro uniforme sobre el que la placa le relucía bajo los focos.

13

El policía enseñó sus propias esposas, le colocó a Houdini los brazos a la espalda y se las puso muy ajustadas en las muñecas; después de revisarlas varias veces, asintió en señal de conformidad. Las cadenas que envolvían el cuerpo del mago eran de un peso considerable, y cuando éste se movía, entrechocaban y producían mucho ruido. Por último, las sujetaron con dos candados inmensos, que cerraron mediante relucientes llaves de latón, realizando toda una pantomima.

Poco a poco elevaron al mago —bocabajo—, y lo suspendieron sobre la celda de tortura de cristal, llena hasta el borde de agua helada. Bess se santiguó y fueron bajando a Houdini hasta que la cabeza casi le tocó el incitante líquido.

La mujer del mago se dirigió a los espectadores, sugiriéndoles:

—Cojan aire por última vez al mismo tiempo que el maestro Houdini, y comprueben cuánto rato consiguen aguantar sin respirar.

Los asistentes inspiraron a una. Houdini se llenó los pulmones de aire —«por última vez»— y lo fueron metiendo en el agua, primero la cabeza y el cuello, después el cuerpo y por último, los pies, hasta que Bess cerró la tapa. Hay que tener en cuenta que la celda no era lo bastante grande para que el mago se revolviese dentro de ella. Corrieron entonces una gruesa cortina y dieron la vuelta a un reloj de arena.

—El maestro tiene que salir antes de que esta arena se agote —anunció Bess a la multitud—. Si no, se ahogará.

En el teatro no se oía ni un susurro. Los hombres, ataviados con abrigos de piel y lujosas prendas, estaban a la expectativa, y las mujeres, adornadas con plumas y joyas, entrelazaron las manos, ansiosas. Por su parte, el hombre de la capa percibía cómo los espectadores que lo rodeaban inspiraban en busca de un poco de aliento, y observaba el hilo de arena, como si de algún modo estuviera contando los granos que caían. Mientras éstos iban deslizándose, se oyeron murmullos entre el público, y alguien que estaba cerca del hombre de la capa susurró:

—Es imposible aguantar sin respirar tanto rato. Tienen que sacarlo de ahí.

—¡Lleva dos minutos! —exclamó Bess desde el escenario, con voz de pánico—. ¡No sobrevivirá!

Cuando apartó la cortina, se vio a Houdini forcejeando como un loco con las cadenas. La mujer, histérica, la volvió a correr y fue en busca del hacha de emergencia, dispuesta a romper el cristal y liberar a su amado esposo de las garras de la muerte. Alzó el hacha y el público, horrorizado, sofocó un grito.

El hombre de la capa comprobó que cada espectador se quedaba inmóvil como una estatua en el borde del asiento. Pasaron los segundos… Y la cortina se alzó.

La celda de tortura acuática estaba vacía.

En ese momento apareció un Houdini chorreante y sonriente, y se situó sobre la celda de tortura con los brazos en alto en señal de triunfo.

El público del Teatro Princesa se puso en pie como una sola persona, aplaudiendo y pateando para mostrar su aprobación, mientras los silbidos y los gritos de «¡Bravo!» retumbaban en la sala. Pero no fue esa la actitud del hombre de la capa y mirada glacial. Él no observaba a Houdini, sino el reloj de arena que había cribado los chispeantes granos, y observó las letras que tenía grabadas en la parte superior, ribeteada en oro.

Su acompañante se inclinó hacia él y le susurró al oído:

—¿Es aquél, señor?

El hombre de la capa asintió, con los ojos entornados de rabia:

—Sí, así es.

—¿Y qué hacemos ahora?

—Lo que haga falta.

Ocho días después, Harry Houdini, artista admirado y el mago más famoso de todos los tiempos, murió.

NOTAS POCO EJEMPLARES
EN EL DÍA DEL CUMPLEAÑOS

ICK ROSTOV SE QUEDÓ MIRANDO SU BOLETÍN DE notas de fin de curso: un insuficiente, dos bienes, un notable bajo y un sobresaliente... en Salud. Trató de imaginarse cómo le explicaría a su padre que ese único sobresaliente correspondía a la asignatura en la que enseñaban de dónde vienen los niños; que sabía lo que era una trompa de Falopio pero, en cambio, las raíces cuadradas se le escapaban.

Y si su boletín de notas ya le parecía malo, el almuerzo fue un desastre. Al entrar en la cafetería, se mareó a causa de un tufo insoportable, mucho peor que la «sorpresa de atún» de los martes y el «enigma de la carne» de los lunes. Resultó que a la habitual señora de la redecilla en el pelo la había sustituido un tío asqueroso de pelo largo e hirsuto y extraña mirada y, sea lo que fuera que estuviera sirviendo, no tenía buena pinta, por no hablar del olor. La peste era tan repugnante, que Nick no comió y prefirió pescar de su mochila una bolsa de patatas chips aplastadas, que su libro de mates había dejado hechas puré. Así que sólo almorzó polvo de patatas y las tripas le protestaron toda la tarde.

Cuando sonó el último timbre, sacó el monopatín de su taquilla y se despidió de un par de chicos que había en la entrada. Una vez que estuvo fuera del recinto del colegio, se deslizó sobre su tabla por las aceras del cálido estado de Nevada, más o menos en dirección al hotel donde vivía con su padre en una suite.

Había ido a dos colegios en los últimos tres años, puesto que cada vez que su padre cambiaba de trabajo o era despedido, se mudaban. Nick dobló las rodillas y saltó un bordillo con el monopatín.

Pero vivir de hotel en hotel con su padre significaba que si hacía un amigo en el billar del hotel, se debía a que ese chico estaba de vacaciones. Calculaba que en los últimos tres o cuatro años había entablado amistad con un centenar de muchachos, pero ni uno solo de ellos vivía en Las Vegas. En una ocasión tuvo un amigo de Belice, pero ni siquiera tenía idea de dónde se hallaba ese lugar.

Montado en el monopatín, Nick se metió en un gran aparcamiento junto al instituto, produciendo un sonido constante de «fshh-fshh» con las ruedas. No quería ir a casa con ese boletín de notas. No es que su padre fuera a decirle gran cosa, pero siempre tenía una mirada triste y las malas notas lo entristecían aún más.

No sabía cuánto tiempo llevaba encima del monopatín, saltando bordillos y brincando sobre cubos de basura volcados en el suelo. Los dos últimos coches abandonaron el aparcamiento del instituto; pertenecían a dos profesores que iban equipados con abultados portafolios, luciendo una sonrisa de oreja a oreja; hasta los profes se alegraban cuando llegaba el verano y terminaba el curso.

Por fin puso rumbo a casa bajo un cielo claro y sin nubes. Al llegar al Hotel y Casino Pendragon, el portero, Jack, le preguntó:

—¿Qué tal las notas?

—No preguntes nada.

—De primera, ¿eh?

—Sí.

—Entonces puede que no quieras subir. Tu abuelo ha venido y Luisa, la encargada, me ha advertido: se los oye gritar desde la otra punta del pasillo.

—Perfecto. Lo que me faltaba. Papá estará aún de peor humor.

El chico suspiró, recogió su tabla, atravesó el vestíbulo y subió en ascensor, el de la luz que parpadeaba como en una película de miedo. Al llegar a su piso, salió. Por el rabillo del ojo le pareció ver algo que se movía y, al girarse de golpe, tuvo tiempo de distinguir una extraña sombra en la pared. Dio unos cuantos pasos hacia ese extremo del pasillo, pero la sombra desapareció por debajo de la puerta de una habitación. Y Nick comprobó que no había ningún objeto susceptible de crearla.

—Pero ¿qué...?

Claro que las sombras no salen de la nada... El chico vaciló, aunque se acercó más a la puerta por la que la había visto desaparecer.

Cuanto más se aproximaba, más olía a... en fin, no sabía lo que era. Pero olía peor que su taquilla del gimnasio después de un curso entero sin lavar el equipo de educación física. Y además, le recordó el peculiar pestazo de la cafetería a la hora del almuerzo. ¿Acaso se te puede impregnar tanto la peste de un local, que te la llevas a casa? ¿O se trataba de algo aún más raro?

Sintió un escalofrío. Ya fuera sombra u olor lo que se había colado por debajo de esa puerta, él no quería estar cerca. Así que se alejó por el pasillo lo más rápido que pudo, mirando hacia atrás cada dos pasos que daba. Cuando por fin llegó a la puerta de su habitación, oyó cómo su padre y su abuelo discutían.

19

—¡Te he dicho que ni hablar, Gus! —chilló su padre, cosa que nunca hacía. A Nick le soltaba los típicos discursos de «Me has decepcionado, hijo», pero jamás gritaba, ni siquiera al abuelo.

—Qué más da que tú te niegues; lo lleva en la sangre.

—No me hables de eso. La respuesta es no.

—Ella habría querido que fuera y habría querido saberlo. Con certeza. De una vez por todas. Conozco a mi hija... Lo habría querido.

—No es verdad. De hecho, por eso estamos aquí, Gus: se escondía de ellos, de su propio pasado.

—¡Eres un estúpido! Tarde o temprano lo averiguará por sí mismo, no puedes luchar contra eso.

A Nick se le aceleró el corazón y acercó el oído a la puerta. ¿Averiguar qué?

En el extremo del pasillo, creyó ver otra vez algo que se movía.

Pese a la pelea que se sostenía al otro lado de la puerta, Nick prefería estar en la habitación con su padre y su abuelo chillándose que afuera, en el pasillo, donde el ambiente se ponía más espeluznante a cada segundo. De modo que metió su tarjeta en la ranura de la cerradura, y se abrió la puerta.

—¡Nick, muchacho! —El abuelo se dio la vuelta exhibiendo una gran sonrisa y haciendo como si no pasara nada—. Ahora mismo me iba, pero nos veremos mañana en la celebración de tu cumpleaños, ¿de acuerdo? ¡Ya eres un adolescente! Me cuesta creer que cumplas los trece... ¡Ay, haces que me sienta más viejo de lo que en realidad soy!

El abuelo le dio un gran abrazo, y el chico alzó la vista hacia su padre, que los observaba.

Después de que el abuelo se marchara, Nick preguntó:

—¿Por qué discutíais?

—No estábamos discutiendo.

—Os he oído. Últimamente siempre os peleáis.

Su padre negó con la cabeza y respondió:

—Tu abuelo tiene sus propias ideas sobre cómo habría que criarte. Y yo tengo las mías.

—Ojalá os entendierais.

—A veces hay cosas tan importantes, que la gente no logra ponerse de acuerdo, y ya está. Pero no tienes que preocuparte por eso, ¿vale? —Echó un vistazo a su reloj—. Debo prepararme.

Su padre entró en el dormitorio para ponerse el esmoquin; actuaba todas las noches y dos veces los sábados, como mago del Pendragon. En su representación, serraba en dos a una ayudante y se sacaba una paloma blanca de la chistera, aunque Nick sabía que era malo con ganas y que contaba unos chistes horribles a pesar de que su padre creía que eran muy graciosos. Como algunas veces él había estado entre el público, oía cómo la gente refunfuñaba.

Su padre, muy pulcro, enfundado en el esmoquin negro algo desgastado, volvió a la sala de estar, y le preguntó:

—Si Houdini viviera, ¿qué estaría haciendo?

—Papá, ese chiste ya me lo sé. Lo he oído unas cincuenta veces.

—Va, sígueme la corriente. ¿Qué estaría haciendo?

—Rascar el interior de su ataúd.

—Éste siempre me mata de risa —aseguró el padre, echándose a reír.

Nick se limitó a menear la cabeza, mientras su padre se dirigía hacia la puerta para marcharse.

—Ah, papá, antes de que salgas, que sepas que hay algo que huele muy raro.

—¿Como a qué?

—No lo sé, pero... estaba justo en el otro extremo del pasillo.

Su padre abrió la puerta y olisqueó el aire.

—Yo no huelo nada. A lo mejor era el servicio de habitaciones. —Se rio de su propia ocurrencia—. Muy bien, jo-

21

ven: tienes una cena de microondas en el frigorífico, o puedes pedir a los del servicio de habitaciones que te preparen
algo... si te atreves. Nos vemos mañana, ¿de acuerdo?

Nick asintió. Cuando su padre se fue, asomó la cabeza e
inspeccionó el pasillo. Sea el olor que fuera, ya no se percibía.

Cerró la puerta y sonrió. No soportaba que su abuelo y
su padre se pelearan, pero algo bueno obtuvo de la discu-
sión: su padre se había olvidado de pedirle las notas.

UN REGALO, EL DON

A LA NOCHE SIGUIENTE —LA DE SU CUMPLEAÑOS—, Nick, con las manos en los bolsillos, aguardaba en el vestíbulo del Hotel y Casino Pendragon, tapizado de terciopelo rojo y dorado mate, a que llegase su abuelo. Al fin lo vio cruzar la raída moqueta de la entrada, muy sonriente.

—¿Hace mucho que esperas, cumpleañero? —le preguntó el abuelo mientras lo abrazaba.

—No, qué va. Oye, ¿vamos a comer algo? Me muero de hambre. —Le parecía que se desmayaría si tardaba demasiado en hincarle el diente a una hamburguesa con queso.

—Tú siempre te mueres de hambre. No sé dónde metes tanta comida. Pero en fin, no puedo decirte adónde vamos; es una sorpresa. Y ya llegamos tarde.

Prácticamente se lo llevó a rastras, y juntos salieron del casino a toda prisa para subirse al coche del abuelo: el Cadillac descapotable de color púrpura más grande de Las Vegas, adornado con unos dados de peluche (también de color púrpura) que colgaban del retrovisor. Nick suponía que en rea-

23

lidad ese coche era el mayor Cadillac de semejante color de todo el mundo, pues creía que no habría mucha gente que quisiera andar por ahí con un vehículo tan increíble y horrendamente embarazoso.

—¿Y adónde has dicho que vamos? —preguntó Nick, mientras se ponían en marcha serpenteando por las calles de la ciudad.

—¿De verdad crees que la preguntita va a colar? A mí no me la pegas; no estoy tan viejo, muchacho. Ya te he dicho que es una sorpresa —respondió el abuelo, a quien el canoso bigote, estilo Dalí, se le meneaba de tanto contener la risa.

Nick contempló las luces de neón de la ciudad: las bombillas bailaban a un compás sincronizado anunciando casinos, hoteles y los espectáculos más llamativos de Las Vegas, incluido el más famoso de todos: el del mago Damian, cuyas entradas se agotaban a tres años vista y eran tan caras que Nick no contaba con llegar a verlo nunca, y eso que se pirraba de ganas.

La húmeda brisa de junio le alborotó el pelo (su padre siempre le daba la lata para que se lo cortara) al salir de la ciudad en dirección al desierto. El chico miraba por la ventanilla la negra inmensidad: no había más que polvo, arena y la carretera y se contempló a sí mismo en el retrovisor lateral. Era alto para su edad, delgado, de cabello negro y ondulado que le llegaba hasta el cuello de la camisa; las pecas, repartidas por el puente de la nariz, se le extendían, como un sendero sinuoso, hasta los ojos, del mismo color azul claro que los del abuelo, los cuales a su vez eran del mismo color que los de la madre de Nick, que murió cuando él era un bebé.

El abuelo condujo sin cesar por el desierto, hasta que Las Vegas no fue más que una manchita brillante detrás de ellos. El muchacho contempló el cielo, repleto de estrellas; cuanto más se alejaban, más pequeño y más solo se sentía, aunque tuviese al abuelo a su lado. Por fin llegaron a una carretera secundaria y giraron a la izquierda. No había ningún letrero.

—¿Seguro que sabes adónde vas?

—Desde luego, Nicky —replicó el abuelo, cuya redonda panza, parecida a la del Santa Claus de unos grandes almacenes, casi tocaba el volante.

Un poco más adelante, una casa de madera aguardaba solitaria bajo una deslucida luna. Al aproximarse, Nick se dio cuenta de que era una especie de tienda, frente a la cual aparcaron.

—Ya hemos llegado —anunció el abuelo al poner el freno de mano y, mirando a su nieto, le urgió—: Vamos, que es tarde.

El chico echó un vistazo a través del parabrisas y leyó lo que ponía el letrero de la puerta:

—¿«*Tinda* de curiosidades mágicas de madame Bogdonovich»?

—Nos está esperando.

Nick salió como pudo de la monstruosidad púrpura del abuelo y subió los peldaños mientras éste le seguía los pasos.

—¿Cómo cuernos va a encontrar alguien este sitio si quiere comprar algo? Debe de ser la tienda de magia con menos éxito del universo.

Escrutó el interior por la ventana y sólo vio sombras. Le encantaba aprender trucos de magia, pero su padre se negaba a enseñarle y, aunque era un mago, siempre decía que quería que su hijo se dedicara a… a cualquier cosa menos a eso.

El abuelo llegó al último escalón y el chico abrió la puerta. Una campana repicó con suavidad.

—¡Ya *foy*! —entonó una voz aguda, casi como de cantante de ópera.

De detrás de una cortina de cuentas que tintineaban, salió una anciana muy maquillada, de tal manera que los ojos tenían el aspecto de alas de mariposa; alrededor de la cabe-

25

za, se sujetaba el cabello —alborotado, canoso y rizado—
con un pañuelo verde y de un color violeta intenso; en los
brazos, desde la muñeca hasta el codo, se le amontonaban
unas pulseras que hacían ruido al entrechocar y llevaba un
vestido de fiesta, largo y de terciopelo verde, y un collar
provisto de lo que parecía ser una enorme esmeralda que relucía con luz propia.

—¡Gustav! —le susurró la mujer al abuelo de Nick—.
¡Lo has traído!

—En efecto. Nick, permíteme que te presente a madame B.

—¡Hola! —El chico levantó la mano saludando con tor-
peza y observó la tienda, abarrotada de una manera increíble; había un batiburrillo de pañuelos coloridos, aros, ani-
llos, cajas de satén, libros sobre magia, sombreros de copa,
varitas, disfraces, capas y maniquíes. Las bolas de cristal
competían con los frascos de conservas, en los que había eti-
quetas escritas a mano con una letra fina e insegura: HÍGADO
DE MURCIÉLAGO, CUERNO DE CARIBÚ SIBERIANO EN POLVO, LE-
CHE DE BALLENA CONDENSADA… Nick procuró no mirar más.

—¡Adelante, adelante! —ordenó madame B. y, volvien-
do la vista hacia el abuelo, añadió—: Qué guapo es; tiene los
mismos ojos que su madre. —Al mirar otra vez al muchacho, dijo—: Feliz cumpleaños, cariño.

—Gracias.

Nick intentó girar la cabeza para mirar también él al
abuelo, porque tenía ganas de preguntarle: «¿Quién es esta
loca?», pero enseguida se lo llevaron detrás de una cortina
oscura y lo semiempujaron hasta una inmensa silla de terciopelo, donde notó como si se hundiera casi hasta el suelo.

El abuelo también se coló por la cortina. Él y madame B.
se sentaron al otro lado de una mesita redonda cubierta con
un mantel de satén rojo sangre, aunque sus asientos no eran
ni mucho menos tan blandos como el de Nick, por lo que parecían estar situados mucho más altos que él, mirándolo

desde una posición más elevada, como si fuera un espécimen en un microscopio. El chico no sabía dónde meterse.

Madame B. cogió una gran bolsa de piel negra, de la que sacó una bola de cristal del tamaño de un huevo de avestruz, y la colocó encima de un pedestal dorado grabado con jeroglíficos.

—Observa —le pidió la mujer al chico, prolongando la pronunciación de la palabra con un exótico acento. A continuación dio golpecitos con su larga uña pintada de rojo contra la bola de cristal, y dijo—: Cuéntanos lo que ves.

—Es que no puedo... —farfulló Nick, pensando que éste era el cumpleaños más extraño que había celebrado, lo que, teniendo en cuenta que estaba con el abuelo, no era decir mucho—. No sé cómo...

—¡Chisss! —musitó la anciana—. Puedes hacerlo. Observa. ¡Observaaa!

Nick miró al abuelo con expresión significativa; a la fuerza tenían que estar tomándole el pelo. Su padre siempre decía que, en una ciudad llena de bailarinas de estriptis y bichos raros, algunos de éstos quedaban fuera del «reparto estelar»; o sea, que a lo mejor madame B. creía que estaba actuando en una película. Aunque era más probable que estuviera loca.

—Inténtalo, Nick —lo apremió el abuelo—. Hazlo por mí.

Suspirando y moviéndose inquieto en el asiento, el muchacho puso los ojos en blanco, pero teniendo en cuenta cómo era su silla, se inclinó hacia delante lo mejor que pudo para observar la bola de cristal. Lo único que vio fue su propio rostro reflejado y distorsionado, mientras el abuelo y la chiflada propietaria de la tienda de magia lo miraban a él; las cabezas de ambos le parecieron dos puntitos al otro lado de la bola, como si mirase a través de un espejo de la risa.

—No veo nada. ¿Qué, contentos? —Se dejó caer contra el respaldo de la silla.

—Noooooooooooooo. —La anciana batió sus largas pestañas semejantes a orugas, miró al abuelo y soltó—: Gustav, espero que no te equivocaras con éste.

—Confía en mí —respondió él.

Nick resopló haciendo mucho ruido. No soportaba que los adultos hablasen de él como si estuviera presente. Así que preguntó:

—¿Equivocarse en qué?

—Mira —dijo madame B.—, tienes que inspirar hondo, así. —Tomó mucho aire—. Y luego observa con la mente, en lugar de hacerlo con los ojos. Es fácil. —Chasqueó los dedos—. Yo solía observarla para la zarina. *Ezzz* una buena bola. Prueba.

Nick, que estaba tan hambriento como frustrado, volvió a intentarlo. Respiró hondo y miró el interior de la bola de cristal, aunque procuró no fijarse en lo ridículo que aparecía su rostro reflejado en ella, sino observarse más bien el interior de la mente, como si soñara despierto, cosa que, según sus profesores, hacía excelentemente bien en clase.

De repente percibió un destello. Dio un salto, moviendo muy deprisa la cabeza de izquierda a derecha, como si quisiera sacudirse esas imágenes de la mente.

—¡Puede ver! —murmuró madame B. en voz alta—. Cuéntanos, *pequeno*, cuéntanos.

Nick pestañeó varias veces con ganas. En ese momento la bola de cristal estaba borrosa, pero él distinguía una escena. Las sienes le latían y, por un instante, creyó que iba a vomitar. En la habitación hacía calor.

—Veo… —Entornó los ojos—. Veo un desierto. Debe de ser Las Vegas.

—No des nada por supuesto, *zaychik* —advirtió la anciana.

—Y arena. Montones de arena. Tiene que ser Las Vegas. Y veo… la esfinge. Es Las Vegas: el Hotel Luxor.

—¿Ves las luces de neón? —preguntó el abuelo.

—Mmm, qué curioso… —Nick se fijó más—. No. Espera… hay una pirámide. Y camellos.

El abuelo se le aproximó, y lo instó:

—Sigue, Nick; ¿qué más?

—Y… y un hombre que lleva una túnica. Y lo rodean otros hombres armados con espadas.

El abuelo le dio una palmada a madame B. en el brazo.

—¡Te lo dije! —sonrió.

—Hay… hay pájaros alrededor de ese hombre, y los que van armados los están decapitando con las espadas. —Se acercó tanto, que su nariz casi tocó la bola—. Y el de la túnica logra que resuciten. Es un truco, una ilusión óptica… ¡Es un mago!

A Nick le dolía la cabeza y se dejó caer contra el respaldo porque se sentía extrañamente cansado. La bola de cristal parecía otra vez un vidrio normal y corriente.

—¿Qué ha pasado? —quiso saber.

—Algo *marafilloso* —le sonrió madame B.—. Una cosa milagrosa. Nuestro mundo te estaba esperando, hijo. Tú, Nikolai Rostov, tienes el don.

29

LOS GUARDIANES
DE LA MAGIA

LIBRO PRIMERO

CAPÍTULO

3

EL BUFÉ «TODO LO QUE PUEDAS COMER»

Q UÉ HA OCURRIDO AHÍ, ABUELO? —INQUIRIÓ NICK durante la cena.

Al abuelo le gustaba ir a esos bufés de la avenida principal de Las Vegas, en los que se comía lo que se quería. Según él, la idea consistía en comer tanto que no pudieras ni moverte, porque así te asegurabas de sacarle partido a tu dinero.

Siempre insistía en empezar por lo más caro —gambas y patas de cangrejo— antes de tener la intención de «descender en la cadena alimenticia» hasta platos como las ensaladas y las patatas.

Nick se llevó a la boca una patata frita chorreante de ketchup, e inquirió:

—¿Qué clase de truco era? ¿Cómo se las ha apañado esa mujer con la bola de cristal?

Él había aprendido todos los trucos de su padre, y era capaz de hacer desaparecer una bola, sacar una moneda de la oreja de una persona, o conseguir que el as de corazones pegara un salto desde el centro de una baraja de naipes y sa-

30

liera de ella. Asimismo sabía cómo levitaban la mayoría de los magos y cómo se las arreglaban para que una mujer desapareciera dentro de una caja. Pero lo de la bola de cristal... había sido muy guay.

—Ella no ha hecho nada, Nick. Has sido tú.

Nick lo miró desde el otro lado de la mesa. Su padre solía decir que el abuelo era un excéntrico en una ciudad llena de excéntricos. Cuando era pequeño, le preguntó qué significaba eso, y averiguó que «excéntrico» era una palabra que usaban los adultos para indicar que alguien estaba un poco chiflado. «Pero en el buen sentido», había añadido su padre.

—¿Esto es como cuando me dijiste que la luna nos estaba siguiendo? —Nick se cruzó de brazos—. ¿O como cuando me aseguraste que el espectáculo de Damian es magia de verdad?

—Sí y no.

—Vaya, una forma adulta de decir que me mentiste.

—E hizo un gesto de paciencia.

—No, no. Verás, es cierto que la luna no nos seguía; eso era una ilusión óptica. Pero... —El abuelo bajó la voz hasta convertirla en un susurro—. El espectáculo de Damian sí es real. Es decir, cuando lucha contra los espadachines o clava un cuchillo en el corazón de una mujer y la convierte en paloma para liberarla de la prisión, todo eso es real. Nunca nadie, en toda la historia de la magia, ha hecho lo que él es capaz de hacer. Él es real y pertenece a la especialidad más pura de la magia. Y sí, en realidad has visto el pasado en esa bola de cristal: has retrocedido a la época de los faraones. Lo has logrado, Nick.

—Ya, ya.

—Tu madre también lo lograba.

Nick resopló, y el corazón le dio un vuelco.

—¿Mi madre? —se extrañó.

No tenía ningún recuerdo auténtico de ella, pero había visto fotografías suyas repartidas por la suite del Pendragon. En cada imagen enmarcada, su madre iba vestida con la indumentaria propia de ayudante de mago, a base de lentejuelas y plumas, de un tono rojo rubí; además, los ojos, de un color muy claro, le relucían debido al brillo de las piedras preciosas de imitación que llevaba pegadas en el borde de las largas pestañas postizas. En aquellos tiempos, el padre de Nick era un mago de éxito; los trucos siempre le salían bien. Él decía que su mujer era su amuleto de la buena suerte, pero al morir ella, le confesó a su hijo que los trucos se le habían roto, igual que el corazón. Cuando el chico pensaba en su madre, siempre se le hacía un nudo en la garganta.

—Tu madre tenía el don. Y tú eres como ella, Nikolai. La magia es real y sus raíces se remontan a Egipto.

—Las pirámides que he visto...

Su abuelo asintió y corroboró:

—Lo llevas en la sangre, Nick. Espera a que estemos fuera de aquí para seguir hablando de esto —murmuró mirando do alrededor—. Las paredes tienen oídos.

—¿Y eso qué significa?

—Que no puedo decir nada más hasta que hayamos salido.

En realidad, pensó Nick, significaba que el abuelo, tal como decía su padre, estaba chiflado en el buen sentido.

El anciano dejó una propina en la mesa y se levantó dispuesto a irse.

—No me puedo mover. —Nick se acarició la barriga—. ¿Crees que habré ganado algún kilito?

Estaba harto de que los vaqueros siempre le colgaran, y no al estilo guay, sino al estilo flaco y cutre del tío que aún tiene que comerse muchas pizzas para tener una cintura de verdad.

—¡Ojalá yo tuviera tus problemas, chico! —suspiró el abuelo.

—Sigo sin poder moverme.

—Pues tienes que hacerlo. ¡Vamos! He de llevarte de nuevo con tu padre.

Salieron del restaurante y fueron caminando hasta el Pendragon, a tres manzanas de distancia. Delante de ellos, al final de la calle, Las Vegas se alzaba como un Oz de luces de neón.

—Cuéntame más sobre la magia, abuelo; sobre lo que he visto en la bola de cristal.

No es que creyera a pies juntillas las locas afirmaciones de su abuelo, pero lo de esa bola había resultado tan real...

—La magia se remonta a Egipto, muchacho. Pero en aquella época los magos eran perseguidos y se dispersaron por todo el globo terráqueo. Gran parte de la magia es tan secreta como verdadera. —El anciano rodeó con un brazo los hombros de Nick—. Es demasiado emocionante para mí hablarte de lo que ha ocurrido hoy. Pero quiero que vayas con mucho cuidado.

—¿Cuidado... con qué?

—La magia puede ser peligrosa si cae en manos equivocadas. —Volvió un poco la cabeza para mirar hacia atrás, y susurró—: Quiero decir, en manos enemigas. Mira, de momento, mantendremos tu don en secreto, ¿de acuerdo?

—Sí, claro. —Ni que estuviera pensando en ir a contarle a alguien lo de la bola de cristal. Además, él no vivía en un vecindario, sino en un hotel y no tenía demasiados amigos con los que hablar.

Fueron paseando hasta el Pendragon y se plantaron bajo el letrero de neón de la entrada que representaba un dragón: *Penny*, que es como Nick lo llamaba, lanzaba fuego cuando estaba encendido, aunque la mayor parte del tiempo no lo estaba.

—¿Subes, abuelo?

—Creo que no. Ya sabes cómo puede ponerse...

Nick asintió. Entonces el abuelo le puso algo en la palma de la mano, y le dijo:

—Es tu regalo de cumpleaños. Ábrelo cuando estés a solas; perteneció a tu madre.

33

—Gracias, abuelo —repuso el muchacho, contemplando la cajita envuelta.

Lo abrazó para despedirse y entró en el hotel, que se hallaba en la parte vieja de Las Vegas, en vez de estar en la zona nueva de la ciudad, reluciente y glamurosamente hortera. El Pendragon no tenía una montaña rusa en el vestíbulo, ni un barco pirata con corsarios incluidos; ninguna fuente danzarina saludaba a los huéspedes a su llegada, ni había góndolas navegando por un canal veneciano interior, ni ofrecía uno de esos espectáculos cuyas entradas se agotaban con años de antelación, como el del mago Damian; ni siquiera estaba demasiado iluminado; las máquinas tragaperras eran antiguas, la moqueta de color burdeos del casino y de los pasillos estaba gastada, y hasta las bailarinas eran demasiado mayores para ser bailarinas. «Mejor esto que retirarse», le dijo una vez Margot, la estrella del espectáculo.

Mientras se encaminaba hacia el ascensor, arrastrando los pies, oyó a algunos huéspedes que mascullaban en el vestíbulo:

—Ha sido la peor representación de magia que he visto nunca.

—Seguro que yo lo haría mejor.

—No le llega a la suela de los zapatos a Damian, eso está claro.

Nick suspiró, se guardó el regalo en el bolsillo de los vaqueros y subió en ascensor al piso decimotercero. Recorrió el pasillo y abrió la puerta. Pósteres de magos famosos como Houdini, Carter y Blackstone colgaban de las paredes junto a fotos enmarcadas de sus padres, de la época en que su espectáculo de magia causaba sensación.

—¿Estás ahí, papá? —llamó.

—Un segundo —respondió su padre desde la cocina. Un instante después aparecía sosteniendo un pastel con velas encendidas—. Cumpleaños feliz… —se puso a cantar.

—Por favor, nada de canciones.

—En tu cumpleaños, tienes que cantar. Y pedir un deseo.

—Por favor... —suplicó él.

Pero su padre puso la directa con la canción, desafinando y en voz muy alta. Cuando acabó, Nick cerró los ojos y sopló las velas.

—¿Has pedido un deseo? —Aún llevaba el esmoquin del espectáculo, aunque con la pajarita deshecha.

—Claro —contestó Nick, aunque no lo había hecho; los deseos eran cosa de críos.

El padre puso el pastel en la encimera que separaba la cocina —un frigorífico pequeño, unos fogones diminutos y un microondas— de la sala, que todavía era más pequeña.

—¿Quieres un trozo? El chef lo ha hecho especialmente para ti.

Nick contempló el asimétrico pastel cubierto de una rojiza capa azucarada, encima de la cual habían escrito FELIZ CUMPLEAÑOS, NIKOLAI, pero estaba claro que el chef se había quedado corto de espacio, así que las tres últimas letras se caían por un lado del pastel. Nick estaba al corriente de que, además de ofrecer el peor espectáculo de magia de Las Vegas, el Pendragon era igual de famoso por su horrible comida.

—La verdad es que estoy tan lleno, que me siento gordo.

—Ya te ha vuelto a llevar el abuelo a uno de esos sitios de «todo lo que puedas comer», ¿no? —Y al asentir el chico, añadió—: Sigue queriendo sacar partido a su dinero, ¿eh?

—Sí —replicó Nick riendo—. Y creo que hoy lo ha conseguido, porque se ha comido cuatro platos de ostras y unas gambas del tamaño de un jugador de rugby. Y yo, tres hamburguesas con queso y patatas fritas. ¡Ah, y una cola de langosta!

—Sólo en Las Vegas es posible esa combinación.

—Pues si no te importa —insinuó Nick, sonriendo con timidez—, creo que me guardaré el pastel para desayunar mañana.

35

—Claro, Kolia —aceptó su padre, utilizando el apodo ruso con que sólo él lo llamaba—. ¿Sabes? Me estoy acordando de la primera vez que te vi.

Y contempló a su hijo como si fuera a echarse a llorar, y al chico le entraron ganas de escapar a algún sitio, a cualquier sitio. Su padre era demasiado sentimental. Nick tocó el regalo que llevaba en el bolsillo. ¿Qué sería?

—¿Puedo preguntarte algo? —le planteó a su padre.

—Sí, lo que quieras.

—¿Piensas en ella a veces?

Era evidente que el padre sabía con exactitud a qué se refería, puesto que la madre del muchacho siempre flotaba en ese espacio vacío entre ambos.

—Sí, claro —respondió el padre con suavidad—. Y cada año, te pareces más a ella, sobre todo en los ojos. Todos los de su clan los tenían así.

Se acercó a su hijo y pareció que iba a abrazarlo, pero sólo le dio unas palmaditas en un hombro.

Nick se conformó. Por más que fuera un mago fracasado, o incluso el peor mago del mundo que explicaba unos chistes muy malos, seguía siendo su padre.

—Hasta mañana, papá.

—Y bien temprano. Podríamos ir a comprar juntos un monopatín nuevo para tu cumpleaños, como te prometí; alguno que mole.

—¿Que mole?

—Intento hablar en argot. Buenas noches, Kolia.

Nick entró en su cuarto, del tamaño justo para que cupiera una cama individual y una cómoda pequeña sobre la que depositar un televisor y una consola de videojuegos. Encendió la luz, sacó el regalo del bolsillo y lo desenvolvió; a la vista quedó una cajita de piel negra, en la que destacaba un emblema dorado en relieve. ¡Vaya, él que esperaba un juego nuevo para la consola…! Pero el emblema era brutal. Contuvo el aliento y abrió la caja.

36

Enrollada en una almohadita de terciopelo había una gruesa cadena de oro, de la que colgaba una llave dorada de unos cinco centímetros de largo, cuya parte superior era un círculo perfecto. En éste resaltaban unos caracteres escritos en una extraña caligrafía que Nick no supo leer. La forma de la llave en sí —la parte que se mete en las cerraduras— era elaborada e intrincada, y Nick se preguntó qué abriría. ¿Tal vez una caja de seguridad? Su padre siempre estaba arruinado y no poseían ningún objeto de valor que hubiera que guardar en una caja de seguridad. A lo mejor la llave no abría nada, pero resultaba divertido imaginarse que se trataba de un tesoro. Cómo le gustaría leer esos caracteres; quizá le indicarían qué abría. Tendría que preguntárselo al abuelo.

Se pasó por la cabeza la cadena con la llave, y ésta se deslizó entre la camisa y la piel, cayéndole sobre el pecho, donde le latía el corazón. Cuando la llave le tocó la piel desnuda, la notó caliente y, de repente, una especie de zumbido extraño le vibró en el pecho, como un enjambre de abejas.

La habitación empezó a darle vueltas y más vueltas, hasta que fue incapaz de enfocar la vista y creyó que iba a vomitar. Se agarró a la cama y trató de concentrarse en la colcha azul, pero sólo veía una mancha. Y entonces el mundo se paró, tan de repente como se había empezado a mover. A todo esto, oyó algo. Eran unos golpes.

—¿Papá?

Pero no era su padre, sino que el pomo de la puerta del armario giró y... El mago Damian se plantó en la habitación. Nick meneó la cabeza, incrédulo. Damian tenía el mismo aspecto que en todos sus pósteres: alto, de pelo largo y negro y ojos claros. El chico parpadeó con vigor, pero el mago continuaba allí.

—Debo de estar soñando —murmuró. El corazón le latía tan fuerte, que se preguntó si sería eso el golpeteo que acababa de oír.

37

—No tengas miedo, Nikolai. Es hora de volar —dijo Damian, haciendo un gesto con la mano, y eso era lo último que Nick recordaba.

LOS GUARDIANES
DE LA MAGIA

LIBRO PRIMERO

CAPÍTULO

4

EL ÁRBOL GENEALÓGICO

TAPADO CON UNA MANTA SUAVE Y MUY LUJOSA, NICK despertó en un sofá tapizado de brocado en el interior de una habitación en la que había una biblioteca inmensa. Se frotó los ojos e intentó recordar lo ocurrido. Instintivamente, se llevó la mano a la cadena de su madre… La llave todavía estaba ahí.

Recordaba al abuelo llevándolo a la tienda de magia, a su padre cuando cantó desafinando, la cajita de piel con el curioso emblema, la llave de oro… ¿Y luego? La aparición de Damian… Nada tenía sentido.

Se sentó. La habitación era tenebrosa, de techo tan alto que apenas se distinguían las extravagantes pinturas que abarcaban toda su superficie, como en el techo de la Capilla Sixtina que vio una vez en un libro. A pesar de ello, percibió que allá arriba, muy lejos, se asomaban nubes, estrellas, palacios estrambóticos y personas que volaban. Estiró el cuello para mirar mejor y le pareció que las nubes se movían. ¡Y al pestañear varias veces, se dio cuenta de que así era! Flotaban despacísimo, como si soplara una suave brisa

39

en un día de verano; las estrellas titilaban y, de vez en cuando, las personas voladoras parpadeaban. Nunca había visto nada igual.

Las paredes estaban cubiertas de libros, así que se levantó del sofá y se acercó a las estanterías. Al pasar los dedos por los lomos, comprobó que todos eran gruesos, de piel y con aspecto de muy viejos. Los sopló y se levantó polvo, y de ese modo pudo leer lo que ponía en ellos. Algunos estaban escritos en idiomas extranjeros o en alfabetos diferentes o, incluso sólo en símbolos. Los que eran legibles se titulaban: *Libro de hechizos de los antiguos egipcios, Talismanes mágicos de los druidas, La magia de Arbatel, La clave de Salomón, La espada de Moisés* o *Hechizos de Morgana.* No tenía ni idea de quiénes eran Morgana o los druidas, pero todos los libros de esas estanterías, hasta donde le alcanzaba la vista, trataban sobre magia.

Cogió uno y lo abrió, pero estaba escrito en un alfabeto que no conocía.

—Algún día aprenderás a leerlo —dijo una voz.

Nick se giró de golpe y exclamó:

—¡Damian!

—En persona. No es ningún truco. Mira. —Dio un paso hacia él y extendió la mano—. Adelante, pellízcame.

Nick lo hizo lo más fuerte que pudo.

—¡Ay! He dicho que me pellizques, no que me dejes manco.

—¡Llévame a casa! —gritó Nick, retrocediendo.

—Vamos, no creo que lo desees de veras; no, todavía no, o al menos hasta que averigües de qué va todo esto. —Damian abarcó la habitación con un gesto—. Ni hasta que sepas por qué has sido capaz de ver en el interior de la bola de cristal. —Y lo miró con petulancia

—¡Me has secuestrado! —gritó el chico, atónito—. Seguro que mi padre ha llamado a la policía, y apuesto a que mi cara ya ha aparecido en la tele. No te saldrás con la tuya.

Damian le dio la espalda y fue hacia un escritorio.

—Eso no me preocupa —aseguró, arrogante, mientras rebuscaba entre unos papeles.

Nick arremetió contra él:

—¿Que no te preocupa? —Y le tiró un fajo de papeles al suelo.

—¡Basta! Ya sé que eres un poco rebelde... un *skater*. —El chico tuvo un escalofrío—. Y que sacas unas notas... Pero no, eso no me preocupa demasiado. En este preciso instante, tu abuelo se lo está explicando todo a tu padre para que no se inquiete. Y ahora acércate, que nos queda mucho por hacer.

A Nick le dio vueltas la cabeza. Aquello era más confuso que las clases de mates, que había cateado.

—¿Mi abuelo? ¿Sabía que ibas a raptarme? Eso es muy raro... incluso tratándose de él. No te creo.

—Pues es cierto, Kolia —afirmó Damian suspirando, y la impaciencia se le reflejó en los ojos, de color verde.

—¿Cómo es que me conoces? ¿Y cómo sabes el apodo con el que me llama mi padre?

—Porque fue tu madre quien te lo puso.

—¿Y cómo conoces a mi madre? Está muerta. Lleva muerta muchísimo tiempo.

Damian volvió a rebuscar en su enorme escritorio, en el que había montones de papeles y libros y, en un rincón, un ratoncito blanco en una jaula de oro.

—¡Ah, aquí está! —exclamó apartando unos legajos y mostrando un libro tan grande que Nick no se imaginaba que alguien fuera capaz de moverlo. Era casi del mismo tamaño que el propio escritorio, y parecía que pesaba cien kilos; la piel de la encuadernación era muy antigua y estaba desgastada, pero Nick no vio ningún título escrito.

Damian lo abrió por el centro; el papel era grueso, de bordes dorados y estaba completamente en blanco.

—Aquí está el árbol genealógico.

Nick se acercó más y echó un vistazo a la página, haciendo conjeturas de si Damian no estaría loco como madame B. o el abuelo. Al principio no pasó nada, pero al seguir mirando, las hojas se arrugaron por la parte de la encuadernación. Cuando el movimiento cesó, había aparecido una planta diminuta, de más o menos dos centímetros y medio, que crecía directamente de la página. Nick miró a Damian con una cara que suplicaba una explicación.

—Ya te lo he dicho, *skater*: es el árbol genealógico.

Y aquel árbol en miniatura creció: el tronco se retorcía al tiempo que giraba, brotaban las hojas, las ramas se extendían por doquier y las enredaderas se le enroscaban alrededor. Las raíces crecieron también, arremolinándose en torno a las patas del escritorio, hasta que el árbol midió como un metro y medio de altura contando desde el centro del libro.

—Tú estás… aquí —señaló Damian, y apartó algunas hojas, que crujieron como las de un árbol de verdad.

Nick se fijó bien: ¡estaba ahí! Una cabeza en miniatura colgando de la rama más alta, como una manzana, representaba su propio rostro, de ojos claros, que parpadearon, al tiempo que sonreía.

—¿Cómo lo has hecho? ¿Qué es? ¿Un holograma? ¿Efectos de ordenador?

Damian puso cara de asco y le espetó:

—Espejos, ordenadores… Eso es para farsantes y aficionados. Para ilusionistas. ¿Comprendes la diferencia entre un ilusionista y un mago?

Nick negó con la cabeza, todavía fascinado por el árbol.

—El ilusionismo no es más que humo y espejos, es lo que hacen todos esos espectáculos de magia, una forma de engañar al público, de embaucar a la gente para que vea cosas que en realidad no están ahí. Esto es distinto. Lo que nosotros hacemos es radicalmente otra cosa: es magia.

—Parece tan real… No puedo creerlo. ¡Y… ahí está mi

42

madre! —A Nick se le tensó la garganta hasta dolerle. Tragó saliva y murmuró—: ¡Y mi abuelo!

Se acercó tanto, que las hojas le rozaron la cara; olían a bosque húmedo, como musgo después de un chaparrón. Contempló el rostro de su madre; hasta entonces sólo lo había visto en fotografías planas.

—¿Pueden hablar?

—A veces. Si se enfadan conmigo y tienen algo que decir, me lo hacen saber, por desgracia.

—Pues sigo sin entenderlo.

—Son nuestros ancestros.

—¿Cómo que nuestros?

—Como ya te he dicho, tú estás aquí. —Señaló al Nick que colgaba del árbol—. Somos primos lejanos.

—¿Que somos primos?

Damian asintió y, al separar unas ramas, se mostró a sí mismo colgado como otra fruta.

—Sí. Compartimos tatarabuelo, para ser exactos. Y ahora ven por aquí.

Nick acompañó al mago al otro lado del escritorio. Por esa parte, el árbol era negro; no había hojas, ni colgaban frutos. Estaba carbonizado. El chico se arrimó y olió a madera quemada, un aroma acre y penetrante.

—¿Qué le ha ocurrido a este lado?

—Aquí es donde nuestro árbol genealógico se divide.

—¿Qué quieres decir?

Alzó la vista hacia su recién descubierto pariente, maravillado aún por tener algo que ver con Damian, el gran Damian... así como por ese árbol que crecía de un libro, y porque las nubes del techo se movían.

—Sí. La magia, querido primo, puede utilizarse para hacer el bien, o puede utilizarse para hacer el mal. Y aquí es donde nuestro linaje se divide. Rasputín pertenece a este lado.

—¿Quién has dicho?

—Veo que toca clase de historia. Estoy enterado de las notas que sacas en ese campo...

Nick se impacientó; estaba de vacaciones y se suponía que no tocaba clase de historia. Pero Damian hizo un gesto con la mano y, esta vez, en medio del árbol chamuscado, apareció un hombre.

—Tiene un aspecto horripilante —comentó Nick mientras observaba al enigmático tipo, cuyos ojos eran del mismo color que los suyos, y cuya desgreñada barba le cubría el rostro.

—No siempre fue así. Pero ¿observas qué mirada tiene? Resulta que se enamoró del poder, y ese amor lo consumió hasta volverlo loco. Lo peor que hizo fue decirle a la madre de un niño muy enfermo que él podía curarlo.

—¿Y podía?

—No. Los magos tienen muchos dones, pero ése no. Sin embargo, Rasputín le aseguró a la zarina que curaría a su hijo.

—¿La zarina? —Madame B. le había dicho a Nick que ella leía la bola de cristal para esa dama.

—Así es como, hace mucho, mucho tiempo, el pueblo de Rusia llamaba a su rey y a su reina, a su emperador y a su emperatriz: el zar y la zarina. Ocurrió que el hijo del último zar se puso muy enfermo y ese hombre, Rasputín, engañó a la familia. Al fin se apuntó al bando de este lado del árbol, el de la oscuridad y todo lo que la magia negra conlleva. Y de ese modo salió de nuestro clan. En definitiva, fue expulsado.

Nick observó el árbol chamuscado y echado a perder, e inquirió:

—¿Qué tiene que ver todo esto conmigo?

—Este lado carbonizado del árbol te está buscando: a él pertenecen los Guardianes de las Sombras; son ellos los que van a por ti.

Nick se quedó mirando las ramas arrasadas por el fuego y el tronco dañado. Quienquiera que le hubiera hecho eso al árbol genealógico, no era alguien a quien tuviera ganas de conocer.

—¿Y por qué me buscan?

—Porque representas el linaje más fuerte de nuestro lado, el de los Guardianes de la Magia. Tu abuela y tu bisabuela por parte de madre fueron muy poderosas; poseían unas habilidades raras y muy especiales. Nuestro lado también ha ido en tu búsqueda, y te hemos encontrado. Y si nosotros hemos sido capaces de hallarte, ellos lo serán de igual modo.

—Y si me encuentran, ¿qué pasará?

—No hablaremos de eso ahora.

Damian golpeó tres veces el escritorio con los nudillos y, girando la cabeza, escupió también tres veces por encima del hombro izquierdo.

—¡Qué asco! ¿Por qué escupes?

—Es una costumbre rusa. Cuando te refieres a algo malo, escupes. Pero ahora hablemos de cosas buenas. Vas a venir conmigo y vivirás con nosotros, que somos tu clan, tu gente, por lado materno. Formarás parte de mi espectáculo.

Nick había pasado miles de veces por delante de la valla publicitaria que anunciaba a Damian y su fantástico hotel y casino, y siempre se preguntaba cómo realizaba algunos de sus famosos trucos. Pero todo lo que le estaba sucediendo era mucho más extraño que cualquier cosa que hubiera podido imaginar.

—¿Qué yo formaré parte de tu espectáculo? Pero...

—Está decidido: este verano serás mi aprendiz. Nosotros te protegeremos y así tendremos una oportunidad de conseguir que los Guardianes de las Sombras salgan a la luz, donde los derrotaremos. Las Vegas es una ciudad nocturna, y eso les va genial, pero acabaremos con ellos. Sólo entonces estarás a salvo. —Nick miró de nuevo los estragos en el árbol, y esta vez se estremeció—. Ah, casi me olvido... —continuó Damian.

45

—¿Qué?

Le entregó a Nick una bola de cristal del tamaño de una pelota de béisbol.

—Feliz cumpleaños, primito.

Igual que ocurrió con madame B., al principio no distinguió nada. Respiró hondo e intentó observar con la mente, tal como le había enseñado la anciana. Al fijarse otra vez, vio a sus padres cantándole el «Cumpleaños feliz». Había un pastel con una vela, y un bebé sentado en una trona. Ese bebé era él. Era como asistir al pase de una filmación casera.

Tuvo que tragar saliva y luego susurró:

—Gracias.

Se dio la vuelta, pero Damian ya no estaba. Y al mirar otra vez el escritorio, el árbol había desaparecido y el libro estaba cerrado, sin que nada indicara el prodigio que contenía salvo por un leve aroma a madera calcinada.

—Desde luego —le dijo al ratoncito del escritorio, que lo observaba con sus ojillos de color rosa, —relucientes como dos gotitas de agua—, ha sido el cumpleaños más extraño que he tenido jamás.

LOS GUARDIANES
DE LA MAGIA

LIBRO PRIMERO

CAPÍTULO

5

¿ESTO ES EL DESAYUNO?

NICK PASÓ LA NOCHE EN EL SOFÁ DE LA BIBLIOTECA, con la mirada fija en el techo, que titilaba como la Vía Láctea de verdad. Las estrellas le resulta- ban curiosamente reconfortantes, aunque también le hacían sentirse solo. A pesar de que estaba cansado, le era imposible calmarse, pues un millón de preguntas se le agolpaban en la cabeza. Nada de lo ocurrido en su decimotercer cumpleaños tenía sentido. Sin embargo, en algún momento de la noche, el cansancio pudo con él y se durmió con un sueño agitado.

Cuando despertó, vio que Damian lo estaba observando, al tiempo que echaba vistazos a su reloj e, impaciente, daba golpecitos en el suelo con el pie.

—No se puede dormir hasta tan tarde.

—Pero si es verano.

—Y eso qué más da. Vámonos.

Nick se frotó los ojos para ahuyentar el sueño, se sentó y se desperezó.

—¿Qué es ese tufo? —inquirió arrugando la nariz, pero Damian ignoró la pregunta.

—¡Vamos, primo!

El mago se dio la vuelta, cruzó la habitación y abrió la puerta. Nick apartó la manta y corrió tras él. Cuando asomó la cabeza por el umbral, descubrió que estaba en uno de los lugares más misteriosos —y acerca del cual se había escrito una barbaridad— del mundo: una de las tres últimas plantas del Hotel y Casino-Palacio de Invierno, donde, según periódicos y revistas, vivían Damian y los miembros de su espectáculo. Nick siguió los pasos del mago.

—¿Qué es esa peste? Es asquerosa. ¿La hueles?

—Preferimos los alimentos de nuestra tierra. El tufo del que hablas sale de tu desayuno: hay creps.

—Me encantan las creps. —La verdad es que muchas veces las comía en los almuerzos de «todo lo que puedas comer» con el abuelo—. Pero te aseguro que éstas no huelen como ninguna de las que he probado hasta ahora.

—Están rellenas de crema agria y caviar.

—¿Caviar? ¿Esas pequeñas huevas? —A Nick se le revolvió el estómago.

—¡Pues claro! Son de los mejores esturiones. Ven. Ya has comido suficientes hamburguesas con queso. Es hora de que tomes los alimentos a los que estabas destinado.

—¿Para desayunar?

Él sólo quería un cuenco de cereales con leche fría, o tortitas bañadas en caramelo. Hasta se habría tomado uno de los gofres chamuscados de su padre, pero huevas…

Nick continuó andando por el larguísimo pasillo, cuya moqueta era tan gruesa que las zapatillas deportivas se le hundían en ella. A su derecha había una hilera de ventanas, y afuera nevaba. Ése era uno de los misterios de Las Vegas: las nubes se agolpaban en torno al Palacio de Invierno, y de ellas caía una nieve constante, densa como en una tormenta, hasta en los días más calurosos del verano; se fundía antes de llegar a la acera, pero el hecho era que, cuando los huéspedes del hotel miraban por las ventanas, veían una nieve impoluta cayendo del cielo. El hotel mantenía en secreto cómo fabricaba la nieve. Pero, ahora, Nick tendría ocasión de averiguarlo.

—¿Y cómo os las arregláis para que nieve? ¿Hay una máquina en alguna parte? ¿En el tejado, quizá?

Sabía que, desde hacía años, había periodistas de investigación que buscaban el origen de esas nevadas. Damian se detuvo en seco y, girándose para mirar a su primo pequeño, le espetó:

—Es magia. No se trata de un truco de Disney. Todo lo que ves en estos últimos pisos es producto de la magia, y ésta es real. No dudes de lo que ves, Nikolai. Éste es el sitio al que perteneces, y nada de lo que ocurre en él son ilusiones. —Hizo un gesto con la mano para señalar la ventana—. Es magia.

Luego caminó otra vez por el pasillo y Nick tuvo que esforzarse para seguir el ritmo de sus largas zancadas.

—Sí, sí, magia… —murmuró Nick para sí, y en voz alta preguntó—: ¿Y no habéis oído hablar de los ambientadores?

Cuanto más se acercaban al final del pasillo, peor olía.

Damian abrió una puerta e indicó:

—Aquí tienes tu dormitorio. Me he encargado de que te lo preparasen.

—¡Uauh…! —exclamó el muchacho al echarle un vistazo.

Durante toda su vida había vivido en los hoteles, cualesquiera que fueran, donde su padre trabajaba. La habitación del Pendragon que ocupaba, por ejemplo, era tan pequeña, que sólo le quedaba un espacio mínimo entre la cama y la cómoda (el justo para sacar una camiseta del cajón de arriba), cosa que aquí no ocurría, ya que este dormitorio era enorme. Los ostentosos muebles lucían unas tallas muy elaboradas; en la cama con dosel había tigres y osos grabados representando escenas en el bosque, y el colchón estaba cubierto por un edredón de terciopelo violeta oscuro con hilos de oro intercalados. Nick entró y se detuvo junto a la cama.

—¿Qué significa ese emblema? —preguntó señalando el edredón, pues era el mismo que había en la cajita que le regaló su abuelo.

—Es el de nuestra familia. —Damian se detuvo a su lado.

A Nick se le ocurrió enseñarle la cadena que perteneció a su madre, pero decidió no hacerlo. Y en cambio, miró alrededor.

—Todo esto parece pero que muy viejo… y frágil —comentó mientras investigaba un grupo de estanterías, en algunas de las cuales había cajas de porcelana, huevos de oro y piedras preciosas.

—Son tus reliquias. Todo lo que hay aquí estuvo en la habitación de tu madre cuando era niña. Y antes, en la de tu abuela. Y antes, en la de tu bisabuela.

Nick pestañeó varias veces con energía. Lo único que su padre y él conservaban de su madre eran trajes viejos y cuatro fotografías. Se encaminó hacia el tocador y acarició su reluciente superficie, cuya nudosa madera pulida brillaba tanto, que casi se veía reflejado en ella. Se aproximó después al armario y lo abrió.

—¿Qué es esto?

—Tu ropa.

—No, no es mi ropa. ¿Dónde están mis camisetas? ¿Y mis vaqueros? Vas listo si esperas que me ponga esto.

Camisas blancas cuidadosamente almidonadas colgaban junto a unos pantalones de vestir negros y lustrosos que no se habría puesto ni muerto.

—Pues lo harás. Y ahora ven a desayunar. Ya te cambiarás antes de ir al colegio.

—Eh, un momento… Es verano y estoy de vacaciones.

Damian se le encaró y su mirada reflejaba ira.

—Escúchame, primito: los Guardianes de las Sombras no hacen vacaciones. Te están buscando y pretenden destruir lo que queda del clan de una vez por todas. No hay descanso ni lo habrá nunca. Así es tu vida a partir de ahora.

—Yo no he pedido que mi vida fuese así. Ya estaba bien como estaba.

—Puede que fuera buena, pero no era tu destino.

—¿Destino? ¿Quién te escribe los guiones, tío? Mi destino era ir en monopatín y pasarme el verano sin hacer nada. ¿Qué gracia tiene venir a vivir al Palacio de Invierno, formar parte de tu espectáculo y tener una habitación como ésta si he de ir al colegio? ¿Y si encima debo ponerme cosas raras y comer creps de huevas? —Nick miró en derredor—. Y no tengo televisor, ni videojuegos, ni... hamburguesas con queso. Mi monopatín está en casa y no sé ni si mi padre se acordará da darle de comer a mi pececito de colores. A lo mejor ya está flotando panza arriba.

Esperaba que Damian le chillase, pero no le importaba. ¿Clases de verano? Prefería pasárselo encerrado en su antiguo cuarto que ir al colegio, así que Damian ya podía chillarle todo lo que quisiera.

Sin embargo, éste se le acercó y le dio una palmadita en el hombro.

—Mira, te queda mucho que aprender. Los procedimientos del clan, nuestra historia, la magia...

—¿Voy a aprender magia? —Eso sí sonaba interesante—. ¿Magia de verdad?

Pensó en la nieve que caía. Si aprendía a hacer cosas así, casi valdría la pena desayunar huevas de caviar.

Damian asintió y le dijo:

—Empezarás después del desayuno. Ya verás. Ahora, ven a conocer a la familia.

Nick lo siguió y regresaron al pasillo, donde la peste ya era insoportable. El chico detectó el penetrante olor de la col, montones y montones de col.

Entonces, al abrir Damian una puerta, Nick gritó y retrocedió varios pasos, pues un inmenso tigre blanco se aba-

51

lanzó sobre él, acercándole tanto la cara a la suya que notó el roce de los húmedos bigotes del animal y le olió el aliento con aroma a pescado.

—¡*Sascha!* —Una chica delgada que parecía algo más joven que Nick, de pelo largo y castaño y ojos azul claro, chasqueó los dedos—. ¡Aquí!

A Nick le latía tan fuerte el corazón, que apenas la oyó. En lo único que podía concentrarse era en el cálido aliento del tigre. Éste giró la cabeza para mirar a la chica, se volvió otra vez hacia Nick, como haciéndole la promesa de comérselo más tarde, y se retiró junto a la muchacha.

Ya con cierta distancia entre el tigre y él, se dedicó a estudiarlo. Incluso sentado sobre las patas traseras, el animal era más alto que la chica que tenía al lado.

—Pero ¿qué...? —dijo jadeando.

—Lo siento —contestó ella, que rodeando el grueso cuello del tigre con un brazo, le pasó la cara por el pelaje—. *Sascha* desconfía un pelín de los extraños.

—Nikolai, te presento a tu prima, Isabella. Prima segunda, de hecho.

—Encantada de conocerte —saludó Isabella, tendiéndole la mano.

Nick no se movió pero planteó:

—Si te doy la mano, ¿ese tigre me la arrancará?

—No seas ridículo —rió ella—. *Sascha* me obedece, así que estás perfectamente a salvo. Ven a conocerla como es debido.

Él dio un tímido paso y le estrechó la mano.

—Vamos, acaríciala. En realidad es como un peluche gigante... si yo quiero que lo sea.

Nick acarició la enorme cabeza de la tigresa, cuyo pelaje era la cosa más suave y aterciopelada que había tocado nunca; deslizó los dedos por él y los sumergió en su voluptuosidad. El corazón se le aceleró por estar tan cerca de un animal tan formidable. Pero la tigresa estaba absolutamente quieta.

—¿Cómo puede estar tan bien entrenada?

—Qué pregunta tan tonta —respondió Isabella, observándolo con desdén.

Nick hizo acopio de toda su paciencia; no soportaba que le hablaran en ese tono. Así que dijo:

—Ya; es magia, ¿no?

—¡Vamos, a desayunar! —intervino Damian—. Después los dos tenéis clase.

Nick lanzó una mirada a la chica del tigre. Estupendo; ahora tenía que ir al colegio con ella. Y quizá con la tigresa, que, aunque ya del todo tranquila, continuaba mirándolo como si se lo fuera a zampar.

Suspirando, fue tras Damian hasta el comedor, donde vio una larga mesa en la que tal vez hubiera cien personas sentadas bajo una lámpara de araña rebosante de cristales. Abundaban las fuentes de plata cargadas de comida, platos humeantes de creps y cuencos llenos de caviar; las pastas y las bandejas de fruta ocupaban el centro de la mesa (aunque la mayoría de éstas parecían ciruelas u otras frutas que no se habría comido ni aunque Damian le pagara por ello). También había un aparador con un montón de ornamentadas teteras.

Alrededor de la mesa se sentaban comensales disfrazados. Los hombres llevaban pantalón negro bien planchado y camisa blanca, como las prendas que colgaban en el armario de Nick; algunos de ellos lucían chalecos con bordados muy intrincados y coloridos. Las mujeres vestían complicados trajes y, en general, exhibían collares elaborados con joyas de gran tamaño; todas las prendas estaban confeccionadas con telas suntuosas y encajes en los que resaltaban piedras preciosas engarzadas, y cuyo entramado brillaba como oro de verdad. En la cabecera de la mesa había una mujer con aspecto de ser muy vieja… y muy joven a la vez, que llevaba el cabello —de un blanco purísimo— recogido en un moño, como las mujeres que Nick había visto en los libros de his-

53

toria, sujetándoselo con peinetas incrustadas con brillantes para mantenerlo en su sitio. Parecía haberse quedado dormida apoyando la cabeza en el respaldo de su silla; se notaba que era muy vieja por sus deformadas manos, que aprisionaban una taza de porcelana esmaltada en oro. Sin embargo, no se le detectaban arrugas en el rostro, cuyas mejillas se las había empolvado ligeramente. Nick los miró a todos y se sintió como en el plató de una película, como si hubiera retrocedido en el tiempo.

—Escuchad todos: os presento a Nikolai —anunció Damian.

Las personas sentadas alrededor de la mesa emitieron los saludos más variados, y la mujer vieja abrió los ojos; eran del mismo color que los de Nick.

—Gran Duquesa —saludó Damian haciendo una leve reverencia—, le presento a Kolia.

Empujó un poco al chico hacia la cabecera de la mesa. A cada lado de la mujer había otros dos tigres, más grandes que el de Isabella, aunque parecían… digamos, viejos, en realidad igual que la propia Gran Duquesa. Y también tenían una mirada sabia… Como antigua.

—Ho… hola —tartamudeó Nick.

La mujer lo llamó con el dedo, y él se aproximó.

—Has vuelto con nosotros, Kolia —susurró con voz trémula.

Nick asintió vacilante y miró a los comensales: todo el mundo había dejado de comer y beber y lo observaban. Algunos sonreían y unas cuantas mujeres se enjugaban los ojos con pañuelos de encaje.

—¡Come! —soltó la anciana. Miró a los tigres que tenía a cada lado—: Haced sitio —les ordenó. Y los animales se apartaron; uno de ellos fue a sentarse en un rincón, como un centinela, y el otro se situó debajo de la mesa y se acurrucó a sus pies—. Siéntate —le indicó ésta a Nick—. Aquí, a mi lado. —Dio unas palmaditas en una silla.

Abrumado por el olor a pescado, col y pasas estofadas, el chico se aproximó a la rígida silla de alto respaldo y se sentó. Se sirvió pequeñas porciones de comida, y el estómago le protestó de hambre y porque le disgustaba el menú.

Buscó algún recipiente de zumo, pero no lo vio. Como si le hubiera leído la mente, la Gran Duquesa chasqueó los dedos y una recargada tetera de plata se alzó del aparador y planeó por el aire, hasta detenerse sobre una taza que Nick tenía delante de su plato. El muchacho observó la mesa y vio que cada plato descansaba en soperas o fuentes de plata, cuyos soportes eran similares a unas patas de animal acabadas en forma de garra. Nadie se pasaba entre sí los platos, pues tanto éstos como las fuentes caminaban por sí solos para servir a los comensales. Sin poder contener su asombro, contempló cómo la tetera se inclinaba en el aire y vertía en su taza el líquido más negro que había visto nunca, del que salía vapor.

—Estamos bebiendo té, Kolia.

Él alzó su taza y tomó un sorbo. Por poco lo escupe: no sólo estaba ardiendo y le quemó la lengua, sino que era amargo. Volvió a dejar la taza, se puso a comer y casi sintió náuseas. ¡Habría dado cualquier cosa por un almuerzo de «todo lo que puedas comer» del abuelo!

Isabella estaba sentada a la otra punta de la mesa junto a su tigresa. De vez en cuando lanzaba pedazos de alimentos al aire, y el animal los atrapaba con la boca. Nick deseó tener un tigre que lo obedeciera así; nadie se metería con él por ser el nuevo de la clase si tuviera una bestia como ésa.

La Gran Duquesa se recostó otra vez en su silla y pareció dormirse; muy pronto se oyeron sus suaves ronquidos. Nick continuó comiendo, consciente de que algunos miembros de la familia aún le lanzaban miradas furtivas. Agachó la cabeza y procuró no mirar a ninguno de ellos.

Poco después un hombre, que vestía una larga toga ne-

55

gra, entró en la habitación; llevaba gafas oscuras de montura de concha y el negro cabello, muy corto.

—Isabella y Nikolai —anunció—: es hora de ir al colegio. —Dio una palmada como si fuese un rey—. ¡Vamos!

Nick protestó en su fuero interno. Si estuviera en casa, aún estaría en la cama viendo dibujos animados y comiendo cereales con azúcar directamente del cartón. Aquello tenía pinta de convertirse en el peor verano de toda su vida.

REVELACIONES Y ADVERTENCIAS

ESTO ES NUESTRA AULA? —PREGUNTÓ NICK MIENTRAS inspeccionaba la habitación en la que Isabella y él iban a recibir clases particulares.

La estancia le recordó la de madame B., a rebosar de libros y tarros con extraños ingredientes. Igual que había visto en la biblioteca, algunos de los libros del aula estaban escritos no sólo en otros idiomas, sino en otros alfabetos; los tarros contenían polvos de todos los colores del arco iris, así como líquidos, algunos de los cuales brillaban de modo inquietante; además, en unos botes, habían encerrado a unas arañas gordas y peludas que daban escalofríos, las cuales retorcían las patas y tejían sus telas hasta las tapas, que Nick confiaba en que estuvieran bien cerradas. Sentados sobre las patas traseras, unos ratones metidos en jaulas doradas, observaban al chico y, de vez en cuando, se pasaban las patitas por los bigotes. A medida que Nick recorría la estancia, giraban la cabeza, como si lo vigilaran.

En la parte delantera de la sala, había un gran escritorio de madera, de patas de vistosos relieves semejantes a troncos de árboles rodeados de enredaderas. Al sentarse el maestro en la silla de alto respaldo, inmensa como un trono, la toga le revoloteó alrededor. Acto seguido, señaló otros dos escritorios más pequeños que tenía enfrente.

—Soy Teo, el hermano de Damian. Kolia, hoy empieza tu viaje al interior de la magia.

Nick entornó los ojos, lo miró con más atención y cuestionó:

—¿Eso quiere decir que también somos primos?

—En efecto: estás emparentado con todos los componentes del clan, ya sea por sangre o por matrimonio. Y ahora, comencemos; tienes que ponerte al día de muchas cosas.

Isabella apoyó los codos en su escritorio. La tigresa se despatarró en el suelo adoptando el aspecto de alfombra gigante; respiraba despacio y con regularidad y, de vez en cuando, movía la nariz y hasta llegó a curvar la boca como si sonriera, como si estuviera soñando.

—¿Y de verdad voy a aprender magia?

—Sí, muchacho —asintió Teo—. Pero, como pasa con todas las clases, debemos aprender del pasado. Hemos de mirar atrás para poder proyectar la vista hacia el futuro. ¿No es así, Isabella?

—Sí, Teo —dijo la joven suspirando, y se volvió para mirar a Nick—. Enseguida te darás cuenta de que a Teo le encanta la historia. Es su asignatura favorita.

El maestro hizo un gesto con la mano y dijo algo en un idioma que a Nick le pareció que era ruso, y una bola de cristal —mayor que la de madame B.— flotó por el aire y fue a posarse sobre un pedestal que se alzaba en una esquina de su escritorio. Miró a sus dos alumnos y les guiñó un ojo.

—Los profesores normales disponen de proyectores y pizarras, pero yo tengo esto. He aquí… al relojero.

Nick observó cómo la bola se llenaba de humo, adquiría luego un vistoso tono amatista, que se convertía en color

58

rojo, y por último, como si hubieran descorrido una cortina, se despejaba otra vez. En su interior, dos hombres, ataviados con trajes claramente anticuados, se pusieron a hablar. Nick se acercó más. Herramientas, aparatos y cientos de relojes, en distintos estados de reparación (o de estropicio), cubrían las paredes y largas mesas de madera. Sin duda, era el taller de un relojero.

Tours, Francia, 1824

—Pero cuénteme, señor Houdin, ¿cómo funciona? —preguntó el hombre con un marcado acento ruso.

Sonriendo enigmáticamente, el relojero, Jean Houdin, que se peinaba un poco de lado el alborotado cabello, respondió:

—Gracias a la magia.

—Pero explíquemelo. —El hombre tenía los ojos de un color azul pálido, casi translúcido, y vestía un elegante traje negro y capa; tanto los botones como los gemelos eran relucientes rubíes.

—Pues verá… El reloj detiene el tiempo por sí solo. Su hechizo, mi mágico amigo, le proporcionará treinta segundos aproximadamente; treinta largos y preciosos segundos de tiempo, mientras todo a su alrededor se inmoviliza, pero sin que quede ningún recuerdo —ninguno en absoluto— de que se haya detenido el tiempo. Piense usted en la de ilusiones ópticas que podría crear. Piénselo, piénselo. Causará sensación en París y su clan al completo será aclamado por toda Europa.

El hombre negó con la cabeza y comentó:

—Nosotros no perseguimos la celebridad, ni andamos detrás de la fama. Sólo buscamos desarrollar nuestro arte.

—Pero yo he oído —murmuró Houdin— que son los favoritos del zar Alejandro, que viajan con la familia real y que sus aposentos en palacio son mucho más lujosos de lo que se imagina un simple relojero como yo, pues en ellos abundan terciopelos, satenes, joyas y vajillas con incrustaciones de oro… También tengo entendido que el zar Alejandro confía en ustedes y en sus bolas de cristal.

El hombre de los gemelos de rubí se puso serio, casi amenazador:

—No crea todo lo que oye, relojero.

—Aunque sólo fuera por una vez, me gustaría echar un vistazo a su bola. Para ver… lo que usted puede ver.

—Sólo los de mi linaje son capaces de ello. —El hombre le cogió a Houdin el reloj, un reloj de bolsillo hecho de oro puro, y le dio vueltas y más vueltas entre las manos—. Hagamos un trato, Houdin.

—¿Cuál?

—Le cambio mi reloj de arena… por el suyo de bolsillo. —El hombre de la capa, después de exponer de nuevo en la mesa el reloj de Houdin, cogió un hermoso cofre de piel y lo depositó también encima de la mesa. Lo abrió y sacó un gran reloj de arena con una inscripción en el borde—. Quiero ponerme al día. ¡Estamos en 1824! Deseo tener un reloj moderno, en vez de uno de arena. Eso es lo que quiero.

—Esta arena… parece oro —comentó Houdin, examinándola más de cerca.

—Así es. Este reloj no tiene precio.

En el interior de aquel objeto se arremolinaba la arena dorada, como una tormenta en el Sahara: giraba, se desplazaba y cambiaba de forma sin cesar.

—¡Magnífico! —Houdin tocó el borde grabado—. ¡Fíjese cómo se mueve, como si soplara viento dentro del cristal! Es algo mágico y qué bien trabajado…

—¿Hay trato, pues? —inquirió el ruso sonriendo.

Houdin estaba hipnotizado por el remolino de arena.

—No sé, no sé.

El ruso sacó una bolsita de terciopelo del bolsillo de los pantalones, y le dijo:

—Mire dentro.

Houdin abrió la bolsa, y al observar el interior, soltó un grito ahogado:

—¡Este brillante tiene el tamaño de un huevo de codorniz!

—¿Entonces, qué? ¿Hay trato? —Houdin asintió—. Dígame ahora cómo lanzar su hechizo.

Houdin se le acercó y le susurró unas palabras al oído.

Satisfecho, el hombre de la capa abrió el reloj, tiró de la cadenita, acción que detuvo el segundero, y dijo:

—*Je suis le roi du temps.*

Houdin se quedó inmóvil al instante; no se movía ni pestañeaba, ni siquiera respiraba. Sin dejar de sonreír, el ruso recuperó el diamante. Colocó el reloj de arena encima de la mesa y se rio abiertamente de su propia artimaña. Salió del taller, silbando, y se adentró en la calle atestada de gente justo cuando un coche de caballos pasaba a toda prisa.

Pasados los treinta segundos, Houdin recobró la movilidad, meneó la cabeza y bostezó. Entonces se fijó en el reloj de arena y frunció el entrecejo.

«Pero ¿cómo ha llegado esto aquí?», se preguntó y, mirándolo de soslayo, confundido, gritó—: ¡El diamante! ¡Mi reloj de bolsillo! —Aunque sólo lo oyeron sus numerosos relojes.

Salió corriendo a la calle Y miró en todas direcciones. Pasaban sin cesar carruajes tirados por caballos, cuyos cascos resonaban en la adoquinada calzada, pero el hombre de la capa se había esfumado.

Y mientras tanto ahí seguía el reloj de arena, de reluciente polvo dorado bajo la luz de la lámpara, en la mesa del relojero.

—Ese hombre —señaló Teo cuando las figuras de la bola de cristal empezaban a desvanecerse—, el de la capa, era mi tatarabuelo.

—¿Estás diciendo —planteó Nick— que, si nos remontamos en el tiempo, nuestros parientes eran unos mentirosos y unos tramposos?

Y pensó que el reloj de bolsillo que robó aquel hombre se parecía muchísimo al que llevaba Damian. ¡Ladrones! Su familia procedía de una antigua estirpe de ladrones.

—Deja que te pregunte una cosa, Nikolai —respondió Teo, entrelazando las manos—. Cuando vas a un museo, ¿de dónde crees que provienen las piezas que hay en él?

—Nunca lo he pensado —replicó el muchacho, encogiéndose de hombros—. Y la verdad es que creo que sólo he visitado uno de ellos. Y me aburrí.

—¿Te aburriste? Ya veo que desconoces lo más importante sobre los museos. Pero eso cambiará, ahora que estoy a cargo de tu educación en lugar de tu padre. ¡Bah, americanos! Pues las antigüedades, mi querido Kolia, a lo largo de los tiempos fueron robadas y saqueadas, obtenidas mediante trucos y falsificaciones e incluso asesinatos. Las reliquias mágicas no son diferentes.

—¿Las reliquias mágicas?

—En efecto. La magia adopta muchas formas, y las reliquias pueden conseguir que algunos hechizos sean más poderosos, más potentes. Mi tatarabuelo creyó absurdamente que entraría a formar parte de la sociedad moderna si cambiaba su reloj de arena por uno de bolsillo. Pero en realidad el Reloj de Arena Eterno era mucho más poderoso de lo que él creía. Nunca debería haberlo dejado en manos de Houdin.

—¿Quién era Houdin?

—Un ilusionista. El padre del ilusionismo moderno, de los trucos a base de éter, juegos de manos, imanes y autómatas.

—¿Tiene alguna relación con Harry Houdini?

—El nombre artístico de Houdini proviene de Houdin.

—Entonces, ¿el relojero era un Guardián de la Magia?

—No, no era uno de los nuestros, pero compraba e intercambiaba reliquias mágicas. Después de este intercambio, el reloj de arena pasó de mano en mano a lo largo de la historia… y nosotros lo perdimos de vista, como muchas de nuestras reliquias. Para recuperarlas, invertimos mucho tiempo en seguir su pista. La moraleja, Kolia, es que debemos aprender del pasado, de modo que tenemos que honrar y valorar cada parte de nuestra magia como algo sagrado.

—¡Teo! —La bola de cristal se llenó de una neblina de tono gris lavanda, y dentro apareció el rostro de un hombre moreno y de cejas oscuras y gruesas, que parecían dos orugas peludas enmarcando los ojos de color azul claro.

Teo miró hacia el techo con aire de paciencia y espetó:

—Ahora no, Serguei.

—¡Por favor! —La cara en la bola de cristal miró directamente a Nick—. ¡Nikolai, dile a tu primo que soy el mejor comerciante de caballos de Rusia!

El chico se acercó más al cristal y lo tocó, sin saber qué le sucedería, ya que la cabeza del interior resultaba muy real.

—¿Cómo dices? —Miró a Isabella, a Teo y luego otra vez el interior de la bola—. Has dicho mi nombre. ¿Se supone que te conozco?

—Sí, claro. Le estoy intentando vender un caballo para ti. Un caballo especial para el espectáculo. ¡Un akhal-teké auténtico!

A todo esto, el rostro del hombre desapareció y, de pronto, ante Nick apareció un campo lleno de caballos. Entonces la cabeza del hombre surgió otra vez en la bola de cristal.

—¡Compra los caballos de Serguei *el Loco*! ¡Mis precios son de locura! —Agitó las manos y bizqueó—. ¡De locura!

—¡Fuera de mi bola, Serguei! —ordenó Teo—. O nunca más volveré a comprarte un caballo. —Y cruzó los brazos, muy serio.

63

—¡Vale! —contestó Serguei—. Pero este akhal-teké…
se lo venderé al primero que me haga una oferta. Ya sabes
que es una raza en vías de extinción; puede que no queden
más de tres mil en todo el mundo. Y yo tengo uno dorado
esperando al nuevo aprendiz.

—Ya basta, Serguei. O se lo diré a Damian. Y entonces
nadie del clan te comprará nunca caballos. Jamás.

—¡Está bien! Ya me voy. Pero piénsalo, Nikolai. —Y la
bola se quedó oscura de nuevo.

—¿Qué ha sido eso? —preguntó Nick.

—Un anuncio —dijo Isabella con un bostezo.

—¿Un anuncio?

—En cierto modo, sí —corroboró Teo.

—Yo no necesito un caballo.

—Claro que sí —contestó Isabella.

—¿Para qué?

—Para el espectáculo —contestó ella, aburrida, como si
fuese la respuesta más obvia del mundo.

—¿Qué… qué quieres decir? —tartamudeó Nick.

—Se le ocurrió a Damian.

Asintiendo, Teo aclaró:

—Te pareces a él.

—Sí, ¿y qué?

—Que mi hermano —le explicó Teo—, debido a su genio y a su extrema audacia, ha decidido que el mejor modo
de incorporarte al espectáculo como su aprendiz es que in-
terpretes a un personaje que lo representa a él cuando era
más joven.

—No lo pillo.

—Verás —intervino Isabella—, vas a hacer de Damian:
Montarás un caballo en el escenario y harás algunos números especiales. Al público le encantará.

—¿Al público…? Oye, a mí no me gusta ni que me hagan leer algo en voz alta en clase. Creía que iba a estar entre
bastidores.

—Imposible —denegó Teo—. Tu destino es aparecer en el escenario.

—Mirad —resopló ruidosamente Nick—, yo ayer era un chico que se sentía feliz con un monopatín, una hamburguesa con queso y un propósito para el verano.

—¿Un propósito? —se rio Teo—. ¿Y cuál era?

—El mismo que el de todos los chicos del mundo en vacaciones: dormir hasta tarde, hacer el vago… ¿Es que no lo entendéis? Es como… Prácticamente, es la ley. Y llego aquí y no paráis de hablarme del destino, y… y de reliquias y de un reloj de arena mágico, y nada de todo esto tiene sentido.

—No se puede luchar contra el destino —respondió Teo con tranquilidad—. Tu destino forma parte de ti, mi joven primo.

—Pero yo no quiero participar en el espectáculo.

Isabella se lo quedó mirando y le dijo:

—No lo entiendes. Es lo que nosotros hacemos. Y ahora te toca a ti participar.

—Yo no sé hacer magia como Damian —se defendió Nick.

—Pero aprenderás —replicó Teo con calma.

—No sé montar un caballo.

—Eso también lo aprenderás —aseguró Teo.

—Y no un caballo cualquiera, sino un akhal-teké. —E Isabella hizo una expresiva mueca.

—¿Y eso qué es?

—Esos caballos brillan; su pelaje parece metálico, como oro de verdad. Y son capaces de cabalgar por el desierto sin beber agua, como un camello —explicó Isabella—. ¡Ideal para Las Vegas!

—Os habéis equivocado de tío; yo no he montado un caballo en mi vida.

—Ya aprenderás, primo, ya aprenderás —sonrió Teo, asintiendo—. Tú y tu caballo seréis una magnífica adición al espectáculo.

En ese momento llamaron con suavidad a la puerta, y entró en el aula una mujer de cierta estatura.

—Tú debes de ser Nikolai —dijo.

Llevaba el largo pelo negro recogido en una gruesa trenza que le llegaba hasta la cintura; también tenía los ojos claros, pero a diferencia de los de Nick, no eran azules, sino verdes con motitas doradas, a juego con su vestido largo y holgado, de color verde oscuro y con bordados en el cuello cuyos hilos relucían al darles la luz.

Él asintió, y ella se le acercó, se agachó y lo besó una vez en cada mejilla, tal como el chico había visto hacer a los turistas franceses cuando se saludaban en el hotel.

—Soy Irina —dijo con un marcado acento como el de madame B.

—¿También soy pariente tuyo?

—Por supuesto, *dorogoi*. Tu madre era mi mejor amiga… y prima mía.

Nick no comprendía por qué nunca había conocido hasta entonces ni a una sola persona de su extensa familia.

—Cuando eras un bebé, fui a visitarte, mientras tu padre no estaba. ¡Qué preciosidad de criatura! Y tu madre… qué feliz era. —A Irina se le empañaron los ojos—. Ahora me resulta difícil hablar de estas cosas.

Se dirigió al escritorio de madera de Teo, dio tres golpes con los nudillos, giró la cabeza y escupió tres veces por encima del hombro izquierdo. Nick procuró no mirar, pero realmente no entendía por qué escupían cuando hablaban de algo malo.

—Ahora hablemos de lo bueno. Estoy muy agradecida de que hayas venido a casa con nosotros. —Y volviéndose hacia Isabella, le dijo—: Vamos, hermana. *Sascha* y tú tenéis ensayo.

Isabella se puso en pie y *Sascha* alzó su inmensa cabeza, se lamió una pata, se desperezó y después se levantó. La tigresa, de exquisito pelaje blanco a rayas negras muy definidas, echó a andar de inmediato al lado de la chica, marcándosele los músculos y produciendo un chirrido al arañar con las garras el pulido suelo de madera.

—¿Puedo tener un tigre? —le espetó Nick a Teo.

Éste negó con la cabeza y respondió:

—Sólo las mujeres de la estirpe tienen poder sobre los animales.

—¿Y un león?

Teo volvió a mover negativamente la cabeza diciendo:

—Sólo Isabella puede tener un gato.

—¡*Sascha* es mucho más grande que un gato!

—Aun así, es cosa de mujeres. Irina se encarga de los animales.

—Pero si acabas de decir que tengo que montar un caballo. Eso es un animal.

—Debes aprender a montar tu caballo… como un humano cualquiera.

—Eso me temía.

—Pero hoy no hay caballos que valgan. En cambio, asistiremos a tu primera clase de magia, y vas a mover lo que te mostraré.

De debajo del escritorio, Teo sacó una pequeña jaula de oro, en cuyo interior había un erizo acurrucado en un suave nido de hierba. Luego sacó una segunda jaula, que estaba vacía.

—¿Moverlo? ¿Qué quieres decir?

—Utilizando la magia, pasarás al erizo de esta jaula a esta otra.

—Estarás de broma… ¿Qué, digo unas cuantas palabras mágicas?

—Cada mago utiliza las suyas propias.

—Muy bien. ¿Y cuáles son las mías?

—Eso no te lo puedo decir yo.

—¿Por qué?

—Cada mago ha de encontrar sus propias palabras; debe conferir su propia voz a la magia que hay en su interior.

—Bueno, ¿y tendré una varita mágica?

—Nada de varitas; no las necesitamos. Además, tampoco es que funcionen muy bien. A veces sí, desde luego, pero no te puedes fiar. Pero bueno, ¿qué pasa, te crees que estamos en una barraca de feria? Las varitas son para aficionados, pero nosotros somos magos de verdad.

—Vale, está bien. —Nick observó al erizo y éste, de ojillos negros y brillantes, hizo un ruido como si olisqueara y se lo quedó mirando—. ¡Abracadabra!

No ocurrió nada, salvo que Teo se rio. Y mucho. Se rio tanto, que se le saltaron las lágrimas.

—¡Es la única palabra mágica que sé!

—Sólo te ha faltado el «pata de cabra» —soltó Teo y, dando una palmada en la mesa, estalló otra vez en una carcajada.

—¡No lo había hecho nunca!

—Primero, primo, será mejor que pruebes con *krax pex phax*.

—¿Qué clase de palabra mágica es ésa?

—Proviene de nuestra familia. Es nuestro hechizo y significa «Estoy creando al hablar». Tiene cierto poder.

—Vale. *Krax pex phax* —pronunció Nick, repitiendo las palabras tal como las había dicho Teo, lo que sonaba más o menos como *kreks peks feks*. Nada—. No funciona.

—¡No me digas!

—¡No sé cómo mover tu estúpido erizo! ¡Es la cosa más absurda del mundo! ¿Esto es magia? —Se inclinó entonces sobre el erizo y le gritó—: ¡Vete! ¡Desaparece!

Y desapareció.

Palpitándole el corazón a toda marcha, Nick retrocedió de un salto, se golpeó con una silla y casi se cayó al suelo. En un abrir y cerrar de ojos, el erizo se había volatilizado. Miró alrededor y debajo del escritorio, pero no vio al animal por ninguna parte; ya no estaba en la jaula.

—¿Adónde ha ido?

—Vete a saber. —Teo sonrió—. Ahora no tienes más que conseguir que venga otra vez y meterlo en esta otra jaula.

—¿Conseguir que venga otra vez? Pero si ni siquiera sé cómo lo he hecho desaparecer, para empezar.

—Sí lo sabes. Piensa, Kolia.

—En serio. No sé cómo lo he hecho. ¿Acaso lo has hecho tú?

A lo mejor no era más que un truco para hacerle creer que poseía poderes mágicos: la bola de cristal de madame B., el erizo… Quizá todo fuera un engaño.

—Por supuesto que no. —Observándolo de manera significativa, Teo le señaló el vientre—. Empieza aquí. Cuando te ríes, sientes una alegría interior, justo ahí; sientes cómo te burbujea por dentro. Si piensas en algo alegre, verás que empieza ahí; si te pones nervioso, notas como si tuvieras mariposas que revolotean en tu interior. Pero cuando estás muy nervioso, es más bien como si las alas de un murciélago batieran contra tu caja torácica y, cuando te enfadas, también empieza ahí, como una bola de fuego y calor. Pues bien, con los magos ocurre lo mismo: nuestro poder comienza en ese mismo sitio.

—No lo entiendo.

—Ya lo entenderás y aprenderás a entrenar esa sensación, a utilizarla, a dirigirla… Y entonces alcanzarás tu grandeza.

—Yo no quiero alcanzar la grandeza.

—No importa. A veces es ella quien te encuentra. Y ahora… —Teo le entregó la jaula vacía donde se suponía que el erizo se materializaría por arte de magia—. Te sugiero que te encierres en tu cuarto y te pongas a trabajar para recuperar a tu amiguito. Seguramente estará en algún lugar frío y solitario, y a los erizos no les gusta nada el frío.

—¿Has dicho mi amiguito?

—Sí, se llama *Vladimir*.

69

—¿Y por qué Isabella tiene un tigre y yo un erizo? Si estoy predestinado a la grandeza, ¿por qué me dais una cosa pequeña con pinta de rata, ojitos brillantes y púas en el lomo, y por el contrario ella posee una tigresa blanca que la sigue a todas partes?

—Ya harás las preguntas otro día. Has acabado por hoy.

Mientras le entregaba la jaula, Teo asintió y después desapareció. Sí, desapareció, tal cual, quedando únicamente en el aire el débil murmullo de su toga.

—¡Tienen que estar tomándome el pelo! —gritó Nick.

Sosteniendo la jaula, recorrió el aula con la mirada y se alejó por el pasillo, pateando a más no poder, hasta su habitación.

Ya le podían aplicar todos los abracadabras y patas de cabra que quisieran, que él no estaba destinado a la grandeza, sino a salir de aquella casa de chiflados y alejarse de erizos desaparecidos y vendedores de caballos que surgían en las bolas de cristal.

UN CHAPUZÓN EN LA PISCINA

HACIA LA MEDIANOCHE, EL ERIZO DE NICK TODAVÍA no había vuelto a aparecer en la jaula. Él se saltó la cena, pero ahora se daba cuenta de que había sido un error, aunque oliera a col y a calcetines viejos, porque las tripas le rugían de hambre y descontento. Si Teo tenía razón y la magia partía de algún punto de su barriga, él se encontraba en un aprieto, porque sólo pensaba en lo mucho que le apetecía una hamburguesa con queso.

Se sentó en la cama con las piernas cruzadas y observó la jaula vacía.

—¡Vamos, estúpido erizo! ¡Regresa!

Pero la jaula continuaba vacía. A todo esto, oyó que llamaban flojito a la puerta.

—Si eres tú, Damian, atraviesa la puerta o haz lo que cuernos hagas —gritó.

—Nick, soy yo, Isabella —susurró.

Él bajó de la cama y fue a abrir. Ahí estaba Isabella, vestida con un traje de neopreno, y *Sascha*, a su lado. La chica calzaba unas aletas y se cubría la cara con una máscara de bucear. Por su parte, la tigresa llevaba el cuello envuelto en una toalla de playa.

—Pero ¿qué...?

Isabella se subió la máscara de bucear a la frente, y lo invitó:

—Ven a bañarte con nosotras. Pero no puedes decírselo a nadie.

—¿Bañarnos? ¿Dónde?

—En la piscina.

—Vale. Pero, oye, ¿no se pondrán un poco histéricos los huéspedes del hotel cuando vean a un tigre bañándose? ¿Y... y no crees que este traje de buceo es un poco exagerado?

—Para nuestra piscina, no. —Sonrió de oreja a oreja—. Verás, es un poco distinta de la que usan los huéspedes. —Le tendió un traje de neopreno negro—. Esto era de Peter, un primo nuestro, pero este año ha crecido casi treinta centímetros y ya no le cabe. Vamos, póntelo. Te espero.

Nick asintió y cerró la puerta, se quitó los vaqueros y la camiseta —los últimos restos de su antigua vida— y se puso el traje de neopreno, que se le pegaba a la piel a medida que se lo enfundaba. Al fin, una vez que se hubo vestido del todo, le sentaba como un guante.

Cogió la llave de su habitación de la cómoda y abrió la puerta. *Sascha* lo contempló y soltó un rugido grave.

—¡Chist! —Isabella se llevó un dedo a los labios, y la tigresa calló al instante. Luego le preguntó a Nick—: ¿Para qué necesitas la llave?

—Para abrir la puerta cuando vuelva.

—No, no la necesitas, tonto. Anda, cierra. —Nick le obedeció—. *Osnovyvat* —mandó su prima. Y la puerta se abrió de par en par.

—¡Uauh! ¿Qué has dicho?

—Le he ordenado a tu puerta que se abriera.

—Enséñame a hacerlo.

—Tú pronuncia la palabra y ya está. Pero debes decirla como si creyeras que ha sucedido. Es decir, visualizas mentalmente lo que quieras que ocurra como si fuera verdad, y te concentras. La magia sabe cuándo crees y cuándo no.

Nick cerró la puerta y repitió la palabra rusa que acababa de aprender:

—*Osnovyvat.* —Y la puerta se abrió de golpe—. ¡Esto es increíble!

Isabella asintió y le dijo:

—Hace años que no tengo que hacerme la cama.

—¿Te sabes un hechizo para hacer la cama?

—Eso es. Ya te lo enseñaré. Lo pronuncio todas las mañanas, excepto los días de examen, claro.

—¿Qué quieres decir?

—Los días en que Teo pone un examen, no me hago la cama: trae mala suerte.

—¿Esto es como lo de escupir tres veces?

—Sí, así es. Vale más no tentar al destino, ¿sabes? Y vámonos ya, que es hora de bañarnos. Pero en silencio.

Ella caminó de puntillas por el pasillo enmoquetado y poco iluminado por unos apliques de pared. A través de las ventanas, las luces de Las Vegas parpadeaban y bailoteaban. Nick observó la nieve que caía sobre el casino, sin cansarse nunca de su belleza, mientras los gruesos e inmaculados copos aterrizaban de vez en cuando contra los cristales, donde se quedaban inmóviles un segundo antes de derretirse. Siguió a Isabella, que dobló una esquina y luego otra, hasta que llegaron a una puerta en la que había una placa de bronce que decía: PISCINA.

La chica abrió dando una orden y entraron juntos. Isabella volvió a cerrar enseguida y corrió un cierre de seguridad. No se veía nada, puesto que aquel recinto estaba a oscuras, aunque se oían chapoteos y movimientos en el agua; también se percibía como si alguien respirara.

—¿Por qué hace tanto frío? —Nick temblaba—. En la

mayoría de hoteles, las piscinas están tan calientes que parecen bañeras.

—Ésta no —se rio la chica, y encendió las luces para iluminarla.

De repente el agua resplandeció con una luz verdosa, y Nick reprimió un grito:

—¡Osos polares!

—En efecto. Formarán parte del nuevo espectáculo. El argumento trata de que Damian se escapa de Siberia, cruza el estrecho de Bering y lucha contra osos polares. Y aquí están.

Nick no había visto nunca a un oso polar vivo, y ya no digamos a todos ésos bañándose a unos metros de distancia. Tres de ellos nadaban. Al sumergirse en el agua, parecía que medían al menos tres metros de largo; las patas eran más grandes que la cabeza y tenían unas garras gruesas y afiladas...

—Por favor, dime que están domesticados como *Sascha*. No quiero convertirme en el alimento de esas bestias.

74

—Irina y yo hemos estado trabajando con ellos —lo tranquilizó ella—. Venga, vamos a nadar. Tú quédate, *Sascha*.

La tigresa se tumbó en el suelo embaldosado y apoyó la cabeza sobre las patas. Su dueña cogió carrerilla delante de la piscina y se tiró al agua en plan bomba.

Nick contuvo el aliento, pensando que se la iban a comer viva. Isabella estuvo un rato debajo del agua hasta que, de pronto, apareció en la superficie gritando. Él echó a correr hacia la piscina, pero se dio cuenta de que el grito de su prima era en realidad una carcajada: un oso polar se le había aproximado por detrás y la alzaba sobre los hombros. Ella apoyó la cabeza en el cuello del animal.

—Entra, el traje de goma te mantendrá caliente.

Nick observó el interior de la piscina: como mínimo era de tamaño olímpico y estaba revestida de azulejos de color azul marino en los que aparecía grabado —en dorado— el emblema de la familia. Unos bloques de hielo flotaban y se balanceaban, creando una especie de vapor al derretirse. Un oso polar le pasó nadando por delante y después se giró de espaldas; Nick le echó un vistazo a los dientes: eran gigantescos. Pero, desde luego, no iba a hacer el gallina delante de una chica. Así que cerró los ojos, lanzó un aullido y se tiró al agua helada, también en plan bomba.

A pesar del traje de neopreno, cuando el agua le tocó el rostro, se quedó sin aire en los pulmones. Pateó como un loco y se impulsó hacia la superficie, con tal de poder respirar al emerger.

—¡Madre mía! ¡Está congelada!

Isabella se recostó en el vientre de un oso polar, utilizándolo a modo de balsa mientras el animal chapoteaba en el agua tumbado de espaldas.

—Es que hay hielo flotando, Nick. ¿Qué esperabas? Por eso llevas el traje de neopreno.

«Repelente.»

—¡*Mischa!* —Isabella se sentó, y un oso de enormes ojos negros se le aproximó—. Deja que se te suba Nikolai; así estará calentito.

Sin darle tiempo para protestar, el oso sacó al chico del agua como si fuera una muñeca de trapo, le dio la vuelta y él flotó de espaldas, aguantando a Nick sobre su enorme vientre.

Isabella tenía razón: el animal estaba ardiendo e irradiaba calor. Nick le acarició el pelaje que, de tan espeso, impedía que se viera sus propios dedos, y además repelía el agua, acumulándosele en gruesas gotas. Chapotearon y flotaron, y Nick se olvidó del frío.

—Esto sí que es guay. Mucho más que una clase con Teo.

—Teo no está tan mal, Nick, a pesar de los rollos sobre historia que tendremos que aguantar. Es un mago brillante. —Bajó la voz hasta hablar en susurros—: Incluso mejor que Damian, creo.

75

—Entonces, ¿por qué sólo hace de maestro? ¿Por qué no interviene en el espectáculo y es él la estrella?

—No lo sé muy bien. —Se deslizó sobre el vientre para ponerse nariz con nariz encima del oso que la aguantaba, y añadió—: Pero una vez aseguró que le daba más importancia a que la historia de la magia siguiera viva y se mantuvieran en vigor nuestros secretos y habilidades, que al espectáculo en sí; éste en realidad es una manera de camuflarnos.

—¿Y por qué nos camuflamos? Quiero decir, si somos tan poderosos, que tú, por ejemplo, puedes ordenarle a una puerta que se abra, o Damian es capaz de clavarle una espada a una mujer y convertirla en paloma, o yo hago desaparecer algo, ¿por qué tenemos que ocultarlo?

—Más historia: ¿en el colegio nunca te han explicado lo de los juicios de Salem?

—¿Te refieres a cuando los puritanos tomaban por brujas a algunas mujeres, las juzgaban y las mataban porque las temían?

—Sí, exacto. Pero esas mujeres a las que llamaban brujas eran Guardianas de la Magia, es decir, como nosotros.

—Eso no sale en los libros de historia.

—Por supuesto que no. Sólo los Guardianes de la Magia lo sabemos, gracias a historiadores como Teo que quieren preservar el pasado. María I de Inglaterra también ejecutó a muchos magos por herejes.

—Pero nuestra familia no proviene de Inglaterra, sino de Rusia.

—Sí, claro, pero todos —la estirpe de Guardianes de la Magia— procedemos del Antiguo Egipto. Lo que ocurre es que nos dispersamos por todo el planeta. Nuestro clan fue a Rusia y se afincó allí; otros se establecieron en Inglaterra, Francia o Japón; nuestros miembros se encuentran en casi todos los países. Sin embargo, tuvimos que pasar a la clandestinidad cuando las persecuciones se pusieron serias.

—Pero nosotros, en concreto, no nos escondemos precisamente, puesto que nieva sobre el casino.

—Bueno, verás, cuando la familia compró este edificio, pensaron que era buena idea ocultarse gracias a un número de magia. Estamos aquí, sí, aunque en cierto modo nos escondemos, y así nos protegemos de los Guardianes de las Sombras. En este lugar estamos a salvo, pero solamente bajo los reflectores. De este modo nadie sospecha nada y a Damian le encanta, le encanta lo listo que demuestra ser por el hecho de engañar al mundo entero. Nos escondemos a la vista de todos y seguiremos a salvo mientras permanezcamos donde estamos. Yo nunca he vivido en ningún otro sitio que no sea este hotel.

—Pero habrás estado en otros lugares, ¿no? Habrás visto otras cosas.

—No.

—¿No has ido a un colegio normal?

—No.

—¿Nunca has ido a patinar?

—No.

—¿Ni te has comido una pizza?

—No.

Nick entornó los ojos y la examinó con atención.

—Pero... a ver... eso no es normal, Isabella. Es muy raro. La pizza es... Debes confiar en mí sobre este tema: decididamente, has de comer pizza. A lo mejor hay un hechizo para lograr que se materialice una.

La chica se rio, y continuaron flotando hasta que, de pronto, *Sascha* se levantó y se puso a pasear de un lado para otro, rasguñando y pateando suavemente las baldosas con las pezuñas. Tanto Nick como Isabella se enderezaron.

—¿Qué pasa, *Sascha*? —preguntó ella. Los tres osos polares también se inquietaron, y de sus fauces surgieron unos rugidos graves que recordaban el ruido de un motor fueraborda.

A Nick le latió el corazón un poco más deprisa. Era cierto que los osos polares parecían domesticados, pero ¿y si el hechizo que les había lanzado Isabella dejaba de ser efectivo, y él acababa siendo devorado por uno de ellos que estuviera muy hambriento?

Entonces la tigresa rugió (un rugido como Dios manda, en lugar de un simple gruñido), y el eco rebotó en las paredes curvadas de la piscina. Al mismo tiempo, por debajo de la puerta, se extendieron unas bandas de humo negro e impenetrable, que se volvió aceitoso a medida que la oscuridad se apoderaba del suelo. *Sascha* se alzó sobre sus patas traseras y Nick oyó cómo Isabella respiraba sumamente agitada a su lado.

—¿Qué es eso?

—Es un Guardián de las Sombras, Nick. Yo sólo he visto a uno de ellos en la bola de cristal. Pero en la vida real, nunca. ¡Estamos atrapados!

El aceite se propagó por el suelo, cubriéndolo todo de una grasa densa y resbaladiza que a Nick le pareció que olía a muerte. No es que hubiera olido la muerte en alguna ocasión, pero estaba seguro de que, de haber tenido esa oportunidad, sería exactamente como la peste apabullante que llenaba la estancia. Se le secó la garganta. Ahora se daba cuenta de que era un olor idéntico al que notó en su piso del Pendragon el último día de clase, así como la peste de la cafetería ese mismo día.

La mancha de aceite desparramada se fue concentrando de nuevo en un lugar concreto, se elevó y se fue configurando una forma parecida a una figura humana. Nick se agarró con todas sus fuerzas al oso, que gruñía y se estremecía igual que *Sascha*.

Nunca en la vida había tenido tanto frío ni había estado tan aterrado. A la criatura que se formaba a partir del aceite le estaban saliendo unas alas como de cuero, y tenía el rostro ojeroso y lleno de arrugas. Era humana… y al mismo tiempo no lo era; la ganchuda nariz parecía una zanahoria marchita y las uñas de los dedos —muy largos— de manos y pies ofrecían aspecto de garras.

Nick se volvió para mirar a Isabella, que se había bajado de su oso polar y estaba en el agua. El animal salió de la piscina y cargó contra la criatura, y ésta emitió un sonido como un siseo muy agudo. Entonces el oso se irguió y atacó a la criatura con las patas. No obstante, de un golpe de ala, ésta se deshizo de él, que fue a dar contra el suelo profiriendo un horrible grito de dolor.

—Isabella, ¿qué hacemos? —murmuró Nick, pero la criatura lo miró directamente a él; tenía unos ojos de un azul estremecedor similares a los suyos, aunque más fríos, como si estuvieran muertos, como si pertenecieran a un cadáver.

Isabella se alejó nadando hasta que tocó la pared de la piscina. Nick la vio mirar la escalerilla con desesperación, porque no había forma de salir del agua y atravesar la estancia hasta la puerta, después de cómo esa... cosa había atacado al oso polar.

Antes de que Nick tuviera tiempo de pensar un plan, el oso que lo sostenía lo protegió con su fornido cuerpo. El chico notaba a la perfección tanto los músculos de las patas como las afiladas garras del animal. Éste lo rodeó de tal modo que no veía nada, y cuando el oso se sumergió en el agua, Nick gritó; como consecuencia, los pulmones se le llenaron de agua y sintió una angustiosa necesidad de aire. A medida que se hundía cada vez más, forcejeó con la bestia, hasta que al fin lo único que veía era agua, el pelaje del animal y oscuridad.

Cuando salieron a la superficie, él escupió agua, ahogándose y tosiendo antes de que se sumergieran otra vez. Oyó entonces un fuerte ruido al tirarse la criatura a la piscina y el oso se apretó aún más contra él, como una *boa constrictor* enrollándose en torno a su presa.

Nick golpeó con las manos el pecho del animal, en un esfuerzo por respirar, y sintió que el agua helada le entraba por nariz y boca.

El oso lo estrechó más todavía.

Y entonces el universo de Nick se volvió completa y absolutamente negro.

ALGUNAS RESPUESTAS Y UN REGRESO

SE ESTÁ DESPERTANDO! ¡DALE UNA PALMADA EN LA espalda!

Desde algún sitio, como al final de un largo tú- nel, Nick oyó voces. Parpadeó y sintió una urgencia repentina de vomitar. Atragantándose y tosiendo, notó que alguien lo colocaba de lado y le golpeaba la espalda. Entonces oyó la voz de Isabella:

—No pasa nada, Nick. Ya estás a salvo.

Abrió los ojos y vio a Irina, Teo e Isabella, así como a otros miembros del clan, que lo observaban.

—Kolia… —Irina se agachó y le tocó la mejilla—. ¿Estás bien?

Él asintió, estremecido. Le castañeteaban los dientes.

—¡Traed mantas! —gritó Teo y, arrodillándose, lo ayudó a sentarse, mientras alguien le pasaba una manta gruesa y peluda por encima de los hombros.

—¿Qué… qué ha pasado? —Trató de acordarse, pero la única imagen que le venía a la cabeza era la de su inmersión, abrazado por el oso.

Ahora, toda la zona de la piscina estaba muy bien iluminada. Nick vio a varios hombres junto a dos de los osos, que yacían despatarrados sobre las baldosas, al lado de la parte más honda de la piscina; la sangre les había teñido el blanco y afelpado pelaje. El tercer oso se paseaba junto a ellos, visiblemente nervioso.

—¿Están…? —No quería ni pensarlo.

—No, no están muertos, pero sí heridos. Si *Sascha* no hubiera ayudado, no sé si habría sobrevivido alguno de vosotros —dijo Teo con delicadeza, y le alborotó el mojado cabello a Nick.

Isabella estaba pálida y los labios le temblaban cuando le dijo al chico:

—El Guardián de las Sombras ni siquiera me ha mirado, Nick. Iba a por ti. Si *Mischa* no te hubiera protegido de esa forma… —Se estremeció.

—O sea que… ¿el oso no ha intentado ahogarme?

—¿Ahogarte? ¡No! —respondió Isabella—. Intentaba salvarte.

—¿Qué hacíais vosotros dos aquí? —quiso saber Teo.

—Ha sido idea mía —explicó Isabella—. Creí que a Nick le gustaría nadar con los osos. Yo ya lo había hecho antes.

—Sí, claro, pero no de noche. No podéis estar aquí solos; ya no es seguro.

—No lo entiendo. ¿Ya no es seguro? El Palacio de Invierno siempre lo ha sido para nosotros. —A Isabella le fallaba la voz, y Nick temió que fuera a echarse a llorar; no soportaba que las chicas llorasen.

—Pues ya no lo es —se lamentó Teo—. En fin, vamos. Tienes que ver algo. —Y le ofreció a Nick la mano para ayudarlo a levantarse.

Encabezando la marcha, Irina y él salieron de la piscina. Nick e Isabella los siguieron, mojando la moqueta a su paso.

—Nos hemos metido en un buen lío —susurró Isabella.

—Sí, así es —dijo Irina, girando la cabeza—. Pero menos mal que hemos llegado a tiempo.

—¿Qué ha pasado con la criatura? —preguntó Nick.

—Se ha esfumado.

El miedo le atenazó la garganta. Se habría sentido mucho mejor si hubieran capturado a esa cosa, fuera lo que fuera.

Teo ordenó a una pesada puerta del final del pasillo que se abriera. Ésta lo hizo de par en par, aunque parecía hecha de acero puro. Dentro, hileras de ordenadores recorrían las paredes con docenas y docenas de monitores correspondientes a las cámaras de seguridad. Miembros del clan señalaban distintas pantallas, mientras que el gran tigre de ojos fieros, que montaba guardia junto a la puerta, se quedó mirando a Nick cuando éste entró.

Alguien señaló un monitor y exclamó:

—¡Ahí! ¿Lo veis?

Nick se esforzó por mirar, pero los adultos le tapaban la visión. A todo esto, un par de encargados de seguridad se dieron la vuelta y se apartaron para que Isabella y él entraran.

—Yo soy Zoltan —se presentó el mayor, el más corpulento y el más peludo de los dos hombres—, el jefe de seguridad, y funcionamos como cualquier otro casino. —Apretó unos botones, y en algunos monitores aparecieron primeros planos de las mesas de juego. Nick vio cómo los crupieres repartían las cartas en las mesas de *blackjack*, y cómo se amontonaban las fichas sobre el fieltro verde—. Buscamos tramposos. Como ése —señaló una pantalla—. Está intentando birlar fichas. Así que nos encargaremos de él… y de ella. —Hizo un gesto con la cabeza indicando un monitor donde una mujer, con vestido de noche, jugaba al *blackjack*—. Es una contadora de cartas. —Nick se acercó un poco más—. Y he aquí… a los Guardianes de las Sombras.

A Nick se le secó la garganta, cosa bastante extraña, pues se sentía tan impregnado de agua que dudaba de si volvería

83

a estar seco y caliente alguna vez. En la pantalla distinguió unas sombras negras, como la criatura de las alas de cuero, que se deslizaban entre la gente sin ser vistas, como si fueran invisibles.

—¿Cómo es que no ven a esas cosas? —preguntó con incredulidad. Estaban ahí mismo.

—Los humanos, Nikolai —explicó Zoltan—, ven lo que quieren ver. Les asustaría más la caída de la bolsa, o no conseguir el trabajo al que aspiran, o una absurda película de miedo, que abrir los ojos a la realidad. Además —carraspeó—, los Guardianes de las Sombras tienen una magia muy potente.

—¿Tanto como la nuestra?

Los adultos se miraron entre sí, por lo que Nick supo que no querían contarle las cosas negativas.

—Bueno —dijo Zoltan—, ya se sabe que el equilibrio entre el bien y el mal…

Teo lo interrumpió:

—Son poderosos, Kolia. Y saben que estás aquí. Nunca, desde que vinimos a Norteamérica, se han mostrado tan atrevidos.

—Eso no es verdad —intervino Irina, aunque al mirarla fijamente Teo, se calló.

—¿Cómo saben que estoy aquí? ¿Qué tengo que ver yo con todo esto?

El silencio se impuso en la sala.

—Vamos —dijo Irina—, ya es hora de que os vayáis los dos a la cama. Es tarde.

Nick iba a preguntarle algo a la mujer, pero al detectar que lagrimeaba, cambió de idea. Al fin y al cabo, ya estaba metido en un lío bastante gordo. Muy desanimado, la siguió, pues, por el pasillo, arrastrando la manta tras de sí, mientras Irina se enjugaba los ojos. Él deseaba saber qué ocurría, pero estaba cansado. Y ahora que lo pensaba, le dolían las costillas.

Dando una orden, Irina abrió la puerta de la habitación de Isabella; dijo unas palabras más en ruso, y la luz se encendió, la colcha se desplegó, un cajón se abrió y un pijama flotó hasta la cama, como una prenda colgada de un tendero mecida por la brisa en un día de verano.

—Dúchate y duerme un poco —le aconsejó Irina, y abrazó a Isabella y le dio un beso en cada mejilla.

—¿Y *Sascha*?

—Le estamos vendando la pata herida, pero después dormirá aquí y no te perderá de vista.

Isabella le dirigió a Nick un desganado saludo de buenas noches. Un poco más allá, éste abrió su cuarto. Irina se coló dentro y registró el interior de los armarios y los bajos de la cama. El chico estuvo a punto de decirle que él no miraba debajo de la cama desde que tenía siete años. Pero lo cierto es que, después de haber visto a aquella criatura en la piscina, a lo mejor era buena idea hacer toda clase de comprobaciones.

Supuso que cuando Irina se hubiera asegurado de que no había nadie en la habitación, le daría las buenas noches. Pero, en cambio, la mujer le dijo cara a cara:

—Tu madre abandonó el clan porque creyó que estaría más segura sin nosotros, y que si vivía por su cuenta, podría esconderse. Me pasé meses llorando todas las noches, porque la echaba de menos; ella era mi mejor amiga desde niñas y nos contábamos todos los secretos de nuestros corazones. Pero estaba convencida de que, lejos de nosotros, no te encontrarían.

—No lo entiendo.

—Los Guardianes de las Sombras viven con un solo propósito: destruirnos. Si logran apresar nuestra magia, serán casi invencibles, ya que nuestra estirpe es la más pura y la más poderosa, y ellos lo saben. Ansían nuestro poder.

—¿Cómo pueden apresarlo?

Nick lanzó una mirada a la jaula vacía, donde se suponía

que tenía que estar su erizo. Si la magia era tan fácil de apresar, él sería capaz de hacerlo.

—En la época en que nuestro clan se marchó de Rusia, reinaban el pánico y la confusión. Los comunistas lo destruían todo: librerías, museos, palacios, edificios... Mataron a muchísima gente. Así que nuestros antepasados se fueron a toda prisa, como todos los demás, como todos los refugiados: solos, ateridos y olvidados. Y por el camino, a causa de brujerías y artimañas, robos y asesinatos, perdimos parte de nuestras reliquias, talismanes mágicos que proporcionan poder a aquel que los posee. Desde entonces hemos luchado por recuperarlos.

—¿Y eso qué tiene que ver conmigo?

—Cuando tu abuelo te llevó a ver a madame B., se confirmó algo.

—¿Sabías que fui allí?

—Sí, así es. Tú eres un Observador: tienes la capacidad de ver el pasado, el presente y el futuro; ese don se da muy pocas veces. Pero resulta que la familia de tu madre era poderosa, y los Guardianes de las Sombras creen que tú debes de tener los talismanes, pues suponen que tu madre te los dio, o que, al menos, te dejó algo que indique dónde buscarlos.

Nick negó con la cabeza, pero luego se acordó de la llave que le había dado su abuelo.

—¿Qué ocurre? —quiso saber Irina.

—Nada, nada.

—¿Estás seguro? —Él asintió—. Está bien, Nick. Debes saber que tu madre provenía de la más pura estirpe de magos del clan, pero no tuvo hermanos y sólo un hijo, de modo que tú representas, por parte de ella, nuestro futuro.

—¿Significa que esas criaturas siempre seguirán intentando matarme?

—Esas criaturas sólo persiguen la meta de quien las tiene esclavizadas. Me temo que el poder real de los Guardia-

86

nes de las Sombras es mucho más oscuro. Pero trata de no preocuparte.

—Para ti es fácil decirlo —murmuró Nick por lo bajo. Porque, claro, a ella no habían intentado ahogarla ni a nadie le habían salido alas ante sus narices.

—Buenas noches.

—Buenas noches… ¡Ah, otra cosa!

—Dime.

—¿Cuándo podré ver a mi abuelo y a mi padre?

—Podemos mandar a buscarlos. Pero recuerda, Kolia, que cuanto menos sepa tu padre, más seguro estará. Damian quiere que lo que aquí ocurre quede sólo dentro del clan; no confía en nadie de fuera.

Nick se la quedó mirando. Por el modo en que pronunciaba el nombre de Damian, no habría sabido decir si lo temía o lo admiraba.

Cerrando la puerta tras de sí, Irina se fue. Nick se quitó el traje de neopreno y, cómo no, allí donde le dolían las costillas se le estaba formando un feo moretón entre azulado y rojizo. Entró en el cuarto de baño, se dio la ducha más larga y caliente de su vida y se puso el chándal y la camiseta de Death Note. Se subió a la cama y se quedó ahí sentado, pensando en los sucesos de esa noche.

Y cuanto más pensaba en ello, más se enfadaba. Esa criatura podría haberlo matado a él o a Isabella, que por ahora era la única amiga que tenía. Una amiga de verdad, que no se marcharía a la mañana siguiente a Belice, o vete a saber dónde. Cerró los ojos y sintió que la furia crecía en su interior; era un sentimiento que no era del todo ira ni tristeza, sino… poder, tal como Teo le describió.

Entonces visualizó la jaula, la jaula vacía donde, sin saber cómo, perdió a su erizo en el espacio. Estuvo sentado un buen rato en la cama, manteniendo los ojos firmemente cerrados y concentrándose en la energía que corría por su cuerpo, en la sensación que empezaba ahí, en la boca del es-

87

tómago. Se imaginó que dicha sensación formaba una bola de energía, dotada de un impulso al rojo vivo. A continuación pronunció las palabras que le había enseñado Teo, o más bien las susurró:

—*Krax pex phax.*

Y de súbito oyó un crujido tenue.

Alzó la vista, y ahí estaba el erizo.

Nick saltó de la cama y corrió hasta la cómoda.

—¡Lo he conseguido! —Se acercó a la pequeña mascota con púas que había en la jaula dorada—. Perdona por haberte perdido este rato, *Vladimir.*

El erizo, de ojos redondos, lo miró y le hizo un gesto con la patita, como si entendiera a la perfección lo que el chico le decía. Después fue hacia un rincón de la jaula, se hizo un ovillo, bostezó y se echó a dormir.

—A mí también me sentará bien dormir —replicó Nick, bostezando a su vez.

Regresó a la cama, donde las suaves y cálidas mantas ahuyentaron su último escalofrío, y el sueño cayó sobre él como una pesada cortina.

Algo le quemaba.

Nick se irguió de golpe en la cama y encendió la luz. El pecho le ardía. Se quitó la camiseta y vio que era la llave: estaba caliente. Al tocarla, se quemó las yemas de los dedos, como si hubiera puesto la mano sobre una llama, y cuando se miró el pecho, comprobó que en él, escociéndole en la piel, tenía la débil y roja huella de la llave.

—¿Estaré soñando?

Pero sabía que no soñaba. Aquello ardía; era real. La llave estaba intentando decirle algo, de eso estaba convencido.

—¿Qué quieres? —le preguntó.

La llave vibró febrilmente.

—¿Qué quieres? —repitió, esta vez suplicándole.

Pero, con la misma rapidez con que se había calentado hasta quemar como si se fundiera, la llave se quedó helada, apretada contra el pecho del chico como un trozo de metal cualquiera, como si nunca hubiera intentado comunicarse con él.

Esa llave tenía que abrir algo... Quizás algo que los Guardianes de las Sombras codiciaban. Pero ¿qué sería?

Nick reflexionó. Su padre tenía una pequeña caja fuerte en su armario, donde guardaba los pasaportes de ambos y algunos papeles importantes... pero sabía que allí no había nada de valor, pues solía estar al lado de su padre cuando éste la abría, y nunca vio joyas secretas ni, desde luego, talismanes mágicos. Además, la llave de esa caja fuerte no se parecía en nada a la que llevaba colgada del cuello. Ésta parecía antigua, y la inscripción que lucía estaba en otro idioma. Necesitaba saber qué decía dicha inscripción, pero si le pedía ayuda a alguien del clan, se enterarían de que la poseía. Y, por algún motivo, creía que era mejor mantenerlo en secreto, al menos de momento. No sabía hasta qué punto podía confiar en cada uno de ellos.

Entonces se acordó de la biblioteca a la que Damian lo había llevado al principio de estar allí. Seguro que en algún lugar de ella, había un libro que le aclararía lo que decían esas letras.

Volvió a tumbarse y tocó la llave. Su madre debía de ocultar secretos al clan, y decididamente, también a su padre. Ahora dependía de él resolver esos secretos... antes de que lo hicieran los Guardianes de las Sombras.

UN PAR DE SALAS ACORAZADAS

A LA MAÑANA SIGUIENTE, NICK DECIDIÓ QUE SE COME-
ría el desayuno sin tener en cuenta lo que le
sirvieran, aunque fueran huevas. Se puso unos
pantalones negros y una camisa blanca que sacó del armario. No soportaba la sensación de los puños alrededor de
las muñecas, así que se los desabrochó y arremangó. Tenía
pinta de camarero. Lo único que quería era su ropa de
siempre.

Mientras se lavaba los dientes, se miró al espejo y comprobó lo mucho que se parecía a Damian. A lo mejor, la idea
del mago de querer que él formase parte del espectáculo era
buena. Pero Nick no era Damian, por más que el color del
pelo y los ojos se parecieran a los de su primo mayor.

Al abrir la puerta del dormitorio, retrocedió de un salto:
dos tigres enormes —incluso mayores que *Sascha*— hacían
guardia ante la habitación. Uno de ellos yacía como un fel-
pudo, bloqueando la entrada, y el otro se paseaba arriba y
abajo por el pasillo, como un centinela nervioso.

Al verlo, el tigre que estaba tumbado se levantó y se

90

apartó para dejarle paso; el que se paseaba asintió, como si lo estuviera saludando.

Él le devolvió el saludo y se dirigió al comedor familiar. Percibió cómo los tigres lo seguían, y casi se sintió como un jabalí en la pradera, esperando ser el próximo banquete de las fieras. Cuando entró en el comedor, el clan enmudeció de golpe. Isabella también se hallaba allí, sentada al lado de la Gran Duquesa.

Al observar los alimentos preparados encima de la mesa, el chico se alegró de ver algo que no fuera caviar, pues había fresas con nata en bandejas de plata y un cereal que parecía avena; también había una especie de pastelitos que, siempre que no estuvieran rellenos de col, podrían ser apetitosos.

Como la barriga le gruñía, el chico llenó de comida un plato azul ribeteado en dorado, y se aproximó hasta donde estaban Isabella y la Gran Duquesa. Ésta llevaba un vestido largo y anticuado, con cuello de encaje y volantes y, a modo de gargantilla, un broche en el que había engarzados un diamante y un rubí enormes, que relucían bajo las luces de la araña.

Isabella pareció peguntarle con la mirada si se encontraba bien, y él asintió y se dedicó a su desayuno. Comió sin decir una palabra hasta que dejó el plato limpio. Entonces la Gran Duquesa murmuró:

—Cuando yo era niña, creía que el mundo era un lugar hermoso…

Nick la miró. La anciana, que tenía los ojos cerrados y descansaba las yemas de los dedos en la punta de la barbilla, continuó diciendo:

—Vivía en un palacio lleno de diamantes y joyas. —Se tocó el broche del cuello—. Y comíamos en platos ribeteados de oro. —Nick bajó la vista hacia su plato, en cuyo centro había un emblema grabado en oro, aunque supuso que no podía ser de cuando la Gran Duquesa era una niña—. Yo jugaba en el Palacio de Verano. ¡Ah, no, en el de Invierno!

—Entrelazó las manos—. Y mi habitación estaba llena de juguetes, muñecos con vestidos extravagantes y una casita de muñecas con mobiliario tallado por un maestro artesano.

Nick no osaba moverse, pues temía molestarla, de modo que se inclinó un poco hacia ella y escuchó su suave voz, mientras se preguntaba qué secretos contaría. En ese momento sintió la llave caliente sobre el pecho.

—Y entonces descubrí que siempre habrá gente, Kolia, aficionada al engaño. El hombre que engañó a mis padres todavía vive en un reino misterioso; él es astuto, reservado y poderoso. Está… está buscando algo y no descansará hasta que lo encuentre.

Aunque parecía medio dormida, de repente abrió los ojos y lo observó con expresión cómplice. Entonces la llave le quemó aún más a Nick, quien hizo todo lo posible por no chillar. Cuando iba a pedirle a la Gran Duquesa que le explicara algo más sobre ese hombre, Teo entró en la habitación.

—Es hora de clase, Kolia.

Nick miró a Isabella, que negó con la cabeza y dijo:

—Hoy trabajo con Irina. Vas tú solo.

Nick se levantó y se acercó a Teo, a quien siguió hasta el aula. Una vez allí, el maestro le tendió una bola de cristal y un pequeño pedestal para depositarla, y le indicó que se sentara a su mesa.

—Esta bola es tuya; perteneció a tu bisabuela, y debes conservarla. Después de lo de anoche vamos a acelerar tu preparación. Verás, la primera norma de la bola es que tienes que acercarte a ella con un corazón puro o, si no, te engañará.

—¿La norma de la bola? —se asombró Nick. ¡Qué teatrales eran todos en esa familia!—. ¿Qué caray significa eso?

Teo consultó su reloj y replicó:

—Pregúntale a la bola qué número saldrá en la ruleta de la mesa ochenta y cinco dentro de diez minutos.

—¿Que le pregunte a la bola...? ¿Quieres decir que le hable?

—Exacto.

—Me siento idiota hablándole a una bola.

—Pon las manos encima. Es tuya, tienes que crear lazos con ella.

—¿Crear lazos?

—Haz lo que te digo.

—Está bien. —Nick frotó con las manos la bola de cristal, que resultaba cálida al tacto, viva en cierto modo, aunque sabía que eso era imposible. Con cierto complejo de tonto, dijo—: Bola de cristal, ¿qué número sacará dentro de diez minutos la ruleta de la mesa ochenta y cinco?

La bola se llenó de una neblina verde y el chico vio, como en un destello, un doce rojo. Sonriéndole a Teo, exclamó:

—¡Me ha dado el número!

Teo le devolvió la sonrisa, se sentó ante su escritorio, pronunció unas palabras y apareció una tetera.

—Esperaremos. ¿Te apetece té?

—No. ¿Por qué no tomáis refrescos?

—No es nuestro estilo.

Nick se mostró asombrado otra vez y se recostó en su silla. Si poseía una bola de cristal que le indicaba a qué números apostar, sería capaz de predecir el futuro y se haría rico. Se acabaron los hoteles de mala muerte para su padre y para él. ¡Qué cuernos, hasta se comprarían uno entero! Un hotel donde servirían hamburguesas de queso, refrescos de naranja y pizza, y donde no tendría que ponerse esos ridículos pantalones negros y camisa blanca. Iría en monopatín por todos los pasillos y en el vestíbulo habría una rampa para patinar.

Al cabo de unos diez minutos, Teo cogió su propia bola y le habló; Nick vio en ella el interior del casino. El maestro hablaba en ruso y, a todo esto, en primer plano, apareció una ruleta; el crupier la hizo girar. La rueda zumbó y la bolita giró un rato, clic, clic, clic... y cayó en el ocho negro.

Nick, atónito, miró a Teo e inquirió:

—¿Qué ha pasado? ¿Por qué no ha salido el doce rojo?

—Es lo que te decía: debes acercarte a tu bola de cristal con un corazón puro. Si no, te engañará.

—Pero ¿cómo sé si tengo un corazón puro?

—Mira, no puedes pedir beneficios personales, sino que debes preguntarle con la intención de hacer el bien, en vez de buscar dinero, fama o riquezas. Tienes que aprender a distinguir, mi joven primo. Y lo más importante es que debes aprenderlo deprisa. Los Guardianes de las Sombras se ciernen sobre nosotros.

—¿Cuánto tiempo llevas leyendo en las bolas de cristal?

—Desde que tenía tu edad.

—¿Y cómo puedo yo llegar a hacerlo bien tan rápido? Necesito más tiempo.

—A los Guardianes de las Sombras eso les trae sin cuidado.

—Pero ¿qué es lo que quieren? —Mientras Nick hablaba, la llave le quemaba.

—¡Vamos! —dijo Teo.

Se levantó y, saliendo del aula, guio al muchacho hasta un ascensor. En cuanto Teo se situó delante de éste, se abrieron las puertas, pero Nick retrocedió de un salto, pues un oso pardo enorme ocupaba la mayor parte de la cabina.

—Es nuestro ascensorista. No permite la entrada a la gentuza.

Cuando entraron en el ascensor, Nick observó que no había ningún botón en las paredes. Las puertas se cerraron y, con un silbido y la sensación de que el estómago le caía a los pies, descendieron.

—¿Adónde vamos? —preguntó Nick, que notaba cómo el aliento del oso le calentaba la nuca.

—A la sala acorazada.

Por fin, las puertas se abrieron; ellos salieron del ascensor y entraron en una sala enorme. Como los suelos eran de mármol, se producía un ruido seco al caminar por ellos, y según calculó Nick, los techos tenían una altura de tres pisos, los cuales, al igual que la biblioteca de Damian, estaban pintados con escenas mágicas que se desarrollaban en Rusia, unas escenas estrambóticas de gente volando por los aires, así como osos polares y tigres planeando sobre cúpulas en forma de bulbo, en una Siberia cubierta de nieve. Al mirar hacia arriba, vio que las imágenes se movían, las estrellas tintineaban y, de vez en cuando, un oso polar se sumergía en un escenario acuático pintado.

—Aquí tienes la sala acorazada. —Teo hizo un gesto con la mano hacia la izquierda—. Es la que enseñamos al Comité de Juegos de Nevada si vienen a inspeccionar nuestro casino.

Nick se fijó atentamente y vio una hilera de cámaras de seguridad y un panel de mandos, dotado de luces que se encendían y, en ocasiones, pitaban.

—Si alguien se colara, ¿saltarían las alarmas?

—No lo sé, nadie lo ha intentado. Esas luces y pitidos son efectos mágicos... para crear ambiente. —Pulsó un botón y, en la sala, una cámara activó un zum y enfocó dinero, montones y montones de dinero.

—¡Uauh! —exclamó Nick, acercándose más al monitor—. Fíjate en eso. Debe de haber... ¿cuánto? ¿Millones? ¿Billones? ¿Trillones?

—Sólo es dinero, muchacho.

Teo continuó recorriendo la sala, pero las pilas de billetes de cien dólares, que llegaban tan alto como el techo, tenían fascinado a Nick. También había una serie de sacos, en cuyo interior habría más billetes y monedas, según supuso, más dinero del que él podría gastar e incluso imaginar, aunque no le importaría intentar derrocharlo. Seguro que no tenía nada que ver con sus cinco dólares de paga semanal.

95

—Ésta —Teo señaló una pared— es nuestra auténtica sala acorazada.

—Es una pared —respondió el chico, observándola. Se acercó y pasó la mano por encima. Era de frío cemento y varios pisos de altura.

—Puede. —Teo avanzó hacia la pared y la atravesó. En un segundo desapareció—. ¡Vamos! —gritó desde detrás del muro.

—¿Cómo?

—Ten fe.

—Sí, claro.

Nick presionó la pared con las manos y negó con la cabeza: era de sólido cemento. Se desplazó entonces hasta el punto por donde Teo la había atravesado y se percató de que era igual de sólido que el resto.

—¡Vamos! —gritó Teo—. ¡Ten fe, Kolia!

Nick cerró los ojos y, de pronto, notó un aire fresco en la cara. Sin abrirlos, tocó otra vez la pared y... ¡las manos se le hundieron en ella! Después de respirar hondo, la cruzó andando. Fue como atravesar un túnel de viento y, cuando llegó al otro lado, una extraña ráfaga de magia le alborotó el pelo y se lo puso de punta, como si hubiera electricidad estática. Se reunió con Teo en una sala aún mayor que la anterior y con aspecto de museo, puesto que unas cajas de cristal cubrían todas las paredes, de tres metros de alto.

—Es nuestra colección más valiosa. Esto es lo que hacemos los Guardianes de la Magia: somos coleccionistas.

—¿Qué coleccionáis?

—Ven.

Lo llevó a ver las cajas; había cientos de ellas. Cada una tenía una pequeña placa de bronce, como en un museo, que informaba sobre su contenido y, a veces, el donante. Nick leyó la primera:

—«Espada de la Vida, recuperada de la tumba del rey

Tut por Howard Carter. Donación de Howard Carter tras la muerte de lord Carnarvon.»

—Esta reliquia proviene de la Maldición de los Faraones. Howard Carter era un Guardián de la Magia menor, es decir, de un linaje inferior al nuestro.

—¿Qué es eso de la muerte de lord Carnarvon?

—Tras el descubrimiento y la profanación de la tumba del rey Tut, lord Carnarvon murió en un insólito accidente de afeitado.

—¿Cómo dices?

—Sí, muchacho, sí; se le halló veneno en la sangre; se lo introdujo por un rasguño que se hizo mientras se afeitaba. En consecuencia, Howard Carter se asustó y sacó a escondidas de la tumba la Espada de la Vida. Luego la donó a la sala acorazada de nuestra familia para evitar más muertes… y para que no cayera en manos de los Guardianes de las Sombras.

—¿Qué es la Espada de la Vida?

—Verás, existían dos espadas llamadas así, creadas en las fraguas de los faraones. Una está aquí, a buen recaudo, y Damian utiliza la otra en el espectáculo. Esta última permite atravesar de lado a lado a una persona sin matarla; es el número más destacado de todos. Y si se pronuncia un hechizo diferente, el soldado que la use en una batalla resultará invencible. Por motivos evidentes, no quisiéramos que cayera en las manos equivocadas.

La brillante espada de plata relucía bajo las luces de la caja de vidrio y su empuñadura, en forma de cabeza de serpiente incrustada de joyas (incluido un diamante del tamaño de un huevo de petirrojo), estaba recubierta de oro; los ojos de la serpiente eran esmeraldas resplandecientes.

Nick pasó a examinar la siguiente caja.

—Esto no es más que un puñado de piedras.

—Lee la placa.

—«Piedras de la Fuerza. Descubiertas por Igor Kashin,

97

1402, y recuperadas de los Guardianes de las Sombras por Mijail Kirov, fallecido en tan valeroso empeño.»

Teo posó una mano sobre el hombro de Nick.

—Pobre Mijail.

—¿Qué son las Piedras de la Fuerza?

—¿Has oído hablar de Stonehenge?

—¿Ese sitio de Inglaterra donde hay piedras inmensas?

—¡Y mi hermano decía que eras malo en Ciencias Sociales! Pues, sí, ese sitio de las piedras inmensas, algunas de las cuales pesan hasta cincuenta toneladas. Sin embargo, ¿cómo llegaron hasta allí? —Nick se encogió de hombros—. En el año 3000 a. C. no había máquinas, ¿no? E incluso si se hubiera dispuesto de máquinas potentes, ¿cómo las habrían movido? —Señaló los guijarros de la caja—. He aquí las Piedras de la Fuerza. Si las colocas en hilera y lanzas un hechizo, son capaces de mover rocas que dupliquen su peso varios centenares de veces. ¿Te lo imaginas? ¡Si un Guardián de las Sombras las tuviera en sus manos, podría lanzarlas contra un edificio o destruir una ciudad entera! Por eso es más seguro que estén en nuestra sala acorazada.

Después de dejar atrás varias cajas, Nick abrió los ojos de par en par al leer lo siguiente:

—«Huevo Fabergé, que perteneció a Tatiana Petrov. Donado tras la muerte de ésta para mantenerlo a buen recaudo.» —Alzó la vista para mirar a Teo—. ¿Era de mi madre?

—Sí. Y es tuyo. Pero, de momento, lo mantendremos aquí por seguridad.

—¿Qué tiene de mágico?

—Es más que mágico: tiene que ver con nuestra historia. Nuestra relación con la familia Fabergé se remonta a la época de los zares. Muy pocos de estos huevos imperiales han sobrevivido.

—Es precioso.

Era un huevo grande y ornamentado, de oro y joyas incrustadas; debía de valer una fortuna.

Nick y Teo siguieron andando hasta llegar a docenas de cajas vacías.

—¿Y esto qué es? ¿Objetos invisibles?

Teo se rió y contestó:

—No, no. Estas cajas están esperando reliquias que hemos perdido como, por ejemplo, el Reloj de Arena Eterno. Poseemos el reloj de bolsillo que viste en la bola de cristal, pero el de arena se nos escapó. Y esa otra caja es para el Cáliz de la Inmortalidad, y la de ahí, para la Daga de Mayhem. No quieras ni saber lo que es capaz de hacer.

—Pues no te ofendas, Teo, pero a mí no me ha costado mucho encontrar ese agujero en la pared de la sala acorazada... después de que tú lo atravesaras, quiero decir. Si todos estos objetos son tan valiosos, ¿no os preocupa que alguien o algo irrumpa aquí y los robe, o sea, que atraviese el muro y ya está?

—No, muchacho; ese agujero estaba ahí porque yo he lanzado el hechizo, pero cuando nos vayamos, desaparecerá. Y la entrada habitual está protegida con trampas; todas ellas fueron diseñadas por el propio Damian, desde un suelo mortal hasta unos voraces tigres siberianos o una puerta engañosa.

—Entonces ¿nunca han intentado robar las reliquias?

—No. Bueno, una vez sí, pero ese día los tigres se dieron un banquete. Aunque no me extrañaría que lo hicieran los Guardianes de las Sombras, ya que han venido aquí a por algo y necesitamos averiguar qué es. De ese modo podremos derrotarlos.

Una vez más, a Nick le quemó la llave en el pecho. Quiso contárselo a Teo, pero aún no se fiaba demasiado de su recién hallada familia y, por el contrario, todavía le daba la impresión de que se lo iba comer un oso o un tigre. ¿Qué clase de familia tenía mascotas devoradoras de hombres?

99

Los Guardianes de la Magia

Libro primero

Capítulo

10

Un caballo de oro

Aquella tarde, Teo y Nick se dedicaron a aprender el alfabeto ruso.

—¿Por qué no utilizáis letras normales? —cuestionó Nick.

—¿Por qué el resto del mundo no acepta que nuestro sistema es mucho mejor? —preguntó a su vez Teo.

—Nunca me aprenderé esto; me da dolor de cabeza.

—Si estudias, lo aprenderás.

Nick se concentró en el libro, pero las letras le bailaban ante los ojos. En ese momento entró Damian en la sala, exclamando:

—¡Primo, me he enterado de lo de anoche! —El chico alzó la vista esperando cierta compasión por su parte; al fin y al cabo casi se ahoga. Pero no recibió ni la menor muestra de dicho sentimiento—. No hay tiempo para lamerse las heridas. ¡Vamos, que tu caballo te espera!

No le concedían ni un descanso. Nick refunfuñó considerando las alternativas: aprender el alfabeto ruso o subirse a un caballo. Ninguna de las dos cosas lo emocionaba. Pese a ello, cerró el libro y, a regañadientes, siguió a Damian fuera del aula.

—Estoy muy cansado, Damian. A lo mejor hoy no es el mejor día para intentar aprender a montar, pensando en el espectáculo.

—Tonterías. Cualquier día es bueno para la magia. Adelante.

Nick se quedó mirando a su primo. Había algo en él que lo irritaba, y era que siempre creía tener razón.

Bajaron en ascensor. Damian no le hizo ni una sola pregunta sobre la criatura de la noche anterior, ni sobre el incidente por el que casi se ahoga. ¿Acaso no le importaba? Cuando las puertas se abrieron produciendo un siseo casi inaudible, caminaron por un largo pasillo de los sótanos del enorme casino, según supuso Nick. Las paredes eran de cemento y los suelos también, y sus pisadas retumbaban, sobre todo las de Damian, pues llevaba unas lustrosas botas negras. A lo largo del techo colgaban tuberías, de modo que Nick oyó el sonido sibilante del vapor y del agua que circulaban por ellas. Al final del pasillo, Damian pulsó un botón y subieron con otro ascensor.

—¿Por qué no nos transportamos por arte de magia o lo que sea que hagas? ¿Para qué andar tanto? Al fin y al cabo, eres el «todopoderoso» Damian, ¿no?

—Si pretendes ser un mocoso desagradecido, lo estás consiguiendo.

—¿Desagradecido yo? A ver… me raptáis en mi decimotercer cumpleaños y, al cabo de cuarenta y ocho horas, casi me ahogo. En todo el tiempo que viví con mi padre, nadie intentó asesinarme jamás.

—¿De veras? —Damian arqueó una ceja—. ¿Tan seguro estás?

—Sí, lo estoy.

Hubo un matiz en la forma de preguntar de Damian que a Nick le entró la duda de repente. Más secretos. Se moría de ganas de volver a ver a su abuelo y preguntarle por todo lo que le había ocultado a lo largo de esos años.

Cuando las puertas del ascensor se abrieron otra vez, se hallaron detrás del escenario; aquello bullía de actividad y, además, ensayaban con los animales. Nick se quedó boquiabierto de asombro, pues nunca se había imaginado la cantidad de gente que trabaja en un espectáculo como el de Damian. Debía de haber un centenar de personas, algunos disfrazados y otros —los tramoyistas— vestidos de negro.

Echó un vistazo a las butacas del teatro. Sabía por los anuncios de la tele que el Palacio de Invierno disponía de 4.200 plazas… y, según los críticos, no había ni un mal asiento libre en todo el teatro. Y a pesar de que cabía tanta gente, se tenían que comprar las entradas no con días o semanas de antelación, sino con meses y años.

En el centro del inmenso escenario se encontraba el caballo más hermoso que había visto nunca: brillaba como si su pelaje fuera realmente de oro y era enorme, casi el doble de alto que él. A su lado se hallaba el comerciante chiflado de equinos que había visto en la bola de cristal. El animal resoplaba como un loco, tiraba de las bridas y piafaba a modo de protesta. Estupendo. Le habían buscado un caballo majestuoso pero salvaje.

—He aquí lo que ocurrirá —dijo Damian señalando un punto tan lejano al fondo del teatro, que el chico tuvo que entornar los ojos para verlo bien—: Nick, tú montarás a horcajadas tu magnífico caballo y saldrás por una trampilla que hay ahí, en el suelo; cabalgarás a toda velocidad por una pasarela especial, saltarás por encima de un gran banco de nieve preparado para que parezca un glaciar, desmontarás en el hielo, lucharás contra dos tigres y lanzarás un hechizo, que transformará a *Sascha* en Isabella, así que se cambiarán los papeles. Entonces Isabella y tú saludaréis. Y luego… ya está. Cae el telón.

Nick se echó a reír, o más bien a carcajearse, y exclamó:

—¡Me estás tomando el pelo!

—Yo no bromeo nunca —replicó Damian mirándolo con gran severidad.

—Me lo creo.

—Será fabuloso. Tú estarás fabuloso. Insisto —aseguró Damian, más serio todavía.

—En primer lugar, no me voy a subir a ese caballo loco. En segundo lugar, si llegara a montarlo, quizá conseguiría hacerlo andar, pero tengo rematadamente claro que no lo cabalgaré a toda velocidad por encima de una tabla o como quieras llamarlo. Y por último… ¿cómo sugieres que cambie a Isabella por *Sascha* si apenas le he cogido el tranquillo a eso de trasladar erizos?

—Eso es culpa de mi hermanito Teo, por malcriarte tanto. —Damian dio una patada en el suelo—. ¿Por qué empieza con un erizo? Hay que empezar con un tigre. De cualquier modo, es el mismo tipo de magia.

Chasqueó los dedos en el aire y volvió a patear el suelo. Nick no podía creer que Damian hablase de Teo de aquella manera.

—Puede que para ti sea fácil. Pero, por si no te acuerdas, yo acabo de llegar. ¡Tal vez deberías haberme raptado hace tiempo, si tanto te importaba meterme en tu espectáculo! A mí me viene de nuevo.

—Da igual. —Damian hizo un gesto de despreocupación con la mano—. Nos dedicaremos al caballo, pues. Vamos, a ensayar; tienes que actuar a la perfección dentro de dos semanas, la noche en que estrenaremos la función para los turistas estivales. Éstos creen que ofrecemos el mejor espectáculo de la zona, como si fuera un truquito de Disneylandia, aunque nadie sospecha que en realidad están viendo en acción a los magos más increíbles del mundo. No aprecian el arte.

—No pienso subirme al caballo —afirmó Nick, cruzándose de brazos.

Como si le hubiera leído la mente, el animal se encabritó, por lo que el vendedor de caballos le ordenó:

—¡Oye, bestia chiflada, cálmate!

Damian se colocó detrás del chico y le dio un empujoncito.

—Vamos, Nikolai. Tienes dos semanas para aprender a montar. Dos semanas antes de la noche del estreno.

—Espera un segundo —Nick se giró en redondo y le espetó al mago—. ¿Cómo sabías que yo iba a participar en la representación? —Damian se alejaba ya, mientras sus pasos resonaban en el suelo de madera del escenario. El chico corrió tras él y lo agarró por la camisa—. ¡Contesta! Tienes preparado el caballo, el espectáculo, todo está planeado. ¿Cómo sabías que yo vendría aquí? ¿Cuánto tiempo llevas organizando esto?

La llave volvió a quemarle sobre el pecho. Esperaba que Damian le gritara, pero en cambio, éste lo atrajo hacia sí y bajó la voz hasta convertirla en un susurro:

—Desde que eras un bebé, todos sabíamos que un día regresarías con nosotros. Pero este cumpleaños… este cumpleaños significaba que era la hora, Kolia. Y aunque eres mi primo, también eres mi aprendiz. Súbete a ese caballo.

Pronunció la última frase de forma tan cortante, que se notó a la perfección cómo apretaba las mandíbulas.

—¡Vale!

Nick se liberó de Damian, que le había pasado un brazo por encima del hombro, y caminó con decisión hacia la montura.

Serguei, que los observaba, había palidecido y masculló:

—Será mejor que no hagas enfadar a Damian.

—Me da lo mismo —afirmó el chico, girando la cabeza hacia atrás para mirar a su primo.

—Es un grave error, amiguito.

—Es un imbécil.

—Mira —murmuró Serguei—, a un primo mío lejano

lo convirtió en cerdo. Al fin le devolvió su forma, pero a veces todavía se lo oye decir *oinc, oinc*. No le lleves la contraria.

Nick se dio la vuelta para contemplar al caballo. De cerca, era aún más magnífico; el pelaje le relucía como si Serguei se lo hubiera cepillado mil veces, o diez mil, antes de llevarlo al teatro. Tocó el flanco del animal y notó los tensos, vivaces y fuertes músculos.

—Vale. ¿Cómo se llama el caballo?

—*Maslow.*

—¡Eh, *Maslow*! —susurró Nick.

El animal se asustó de nuevo y piafó. A Nick le palpitó el corazón. Jamás había montado un poni, así que no digamos un caballo como ése.

Todos los artistas del teatro —toda la familia— lo observaban. Se acercó más al caballo.

—Vamos, *Maslow* —le dijo con suavidad. Tocó la silla de montar y el animal se puso como loco. Aquellos perturbados ojos negros le echaron una mirada asustada; diríase que casi trastornada.

Damian se aproximó a Serguei hecho una furia.

—¿Este caballo está domado como es debido? Y no me mientas.

—Bueno... —Serguei alzó las manos con las palmas hacia arriba—. Tú querías un akhal-teké. Son salvajes, Damian, tú lo sabes. No se parecen a ninguna otra raza de caballos del mundo.

—¡Dejádmelo a mí! —gritó una voz de mujer.

Desde el otro extremo del escenario, Irina caminaba con la barbilla muy alta. Nick contuvo el aliento. La mujer, de esbeltas piernas, andaba como una bailarina, dando grandes zancadas, como si flotara. El muchacho miró a Damian y se dio cuenta de que se había ruborizado. Damian, el gran Damian, estaba cautivado por ella y la observaba sin cesar.

La mujer taconeó por el escenario, se acercó a *Maslow* y

le dio unas palmaditas en el cuello. Luego tomó las riendas y, atrayendo la cabeza del animal muy levemente hacia sí, lo obligó a agacharla, y le murmuró al oído en ruso. Nick no tenía ni idea de qué le decía, pero su voz era autoritaria e intensa. Irina continuó hablando con el caballo; al terminar, soltó las riendas con un gesto elegante y aplaudió tres veces. Mirando entonces a Damian con expresión satisfecha, le susurró:

—Siempre hay una manera sencilla para sortear estos problemas, además de hacerlo a tu manera. —Cogió a Nick de la mano y le dijo—: Ahora *Maslow* te obedecerá, nunca te hará daño y te protegerá hasta la muerte. —Él se acordó de los osos polares; confiaba en no llegar nunca a ese extremo—. Vamos. —Lo condujo hasta el caballo, lo ayudó a montar el akhal-teké y le puso las riendas en las manos—. Sólo tienes que pensar adónde quieres ir y no te preocupes demasiado por las riendas. Desea que el caballo vaya a donde tú quieres ir; fúndete con él. Ahora te escuchará.

106

Nick asintió. El suelo parecía muy, muy, muy abajo… El caballo se movió con nerviosismo y el chico sintió la potencia del animal. Cogió las riendas y pensó que podría ir perfectamente a la otra punta del teatro; cerró los ojos un instante, como hizo cuando trataba de invocar a su erizo. Pero no ocurrió nada. Así que respiró hondo, se olvidó de Irina y de Isabella, de los osos polares y de los Guardianes de las Sombras; se olvidó de Damian, y sobre todo se olvidó de que su primo quería que actuase ante miles de personas al cabo de dos semanas.

Y entonces sucedió algo curioso: notó que el caballo se movía. Después oyó el clap, clap, clap de los cascos contra el entarimado, y *Maslow* cogió velocidad. Nick abrió los ojos y se percató de que el animal galopaba cruzando el teatro, de tal manera que los focos y las butacas de terciopelo rojo no eran más que manchas. Nunca en la vida se había movido tan deprisa… excepto en una montaña rusa. Aterrado por si se caía, se sujetó bien, pero a la vez sintiéndose todo uno con el caballo. Al fin, con un último salto, éste aterrizó ni más ni menos que en el punto exacto que le había indicado Damian. El chico se había quedado sin aliento y notaba cómo le subían y bajaban los flancos a *Maslow* al respirar. En ese momento se agachó para darle unas palmadas en el cuello.

Abajo, en el escenario, vislumbró lo que le pareció la más vaga de las sonrisas surcándole la cara a Damian, quien se cruzó de brazos.

Nick le rascó al caballo detrás de las orejas mientras le decía en voz baja, como si le relinchara:

—Bravo, *Maslow*. Damian se va a enterar.

EL RETORNO TRIUNFANTE DEL ABUELO

ESPUÉS DE ENSAYARLO TODO —EXCEPTO LO DE intercambiar a Isabella por *Sascha*, y después de hacerlo un centenar de veces hasta que le dolieron las piernas y el culo se le durmió encima de la silla—, Nick desmontó, y las tripas le rugieron recordándole que era hora de comer.

Se disponía a encaminarse con la familia hacia los ascensores para dirigirse al piso más alto cuando, al fondo del teatro, vio a su abuelo. Le hizo señas como un desesperado y, sin acordarse del dolor de piernas, bajó a toda prisa los escalones del escenario, recorrió el pasillo y abrazó con todas sus fuerzas al padre de su madre.

—¡Jo, qué contento estoy de verte! —exclamó sonriéndole.

El abuelo le alborotó el pelo y le devolvió el sentido abrazo.

—Yo también —dijo con voz entrecortada.

—¿Por qué no me contaste nada?

—Vamos, hijo. Daremos un paseo.

Nick asintió y, al mirar atrás, comprobó que Damian lo observaba. Al diablo con él; ahora estaba con su abuelo.

Ambos salieron al vestíbulo, donde los turistas se maravillaban contemplando las cúpulas cubiertas de nieve.

—¿Cómo deben de hacerlo? —se preguntaba un hombre con un montón de cámaras colgando del cuello. A Nick le extrañaba que no caminase jorobado.

—Me han dicho que es jabón en polvo, como el que usan los de Disney —opinó una mujer, obviamente su esposa, de cabello teñido de un rojo vivo a juego con el tono gamba de la piel, quemada por el sol, y que vestía un traje hawaiano con un estampado de bailarinas de hula-hula.

Nick y el abuelo atravesaron el vestíbulo. El chico miró alrededor en busca de Guardianes de las Sombras, pero no vio a ninguno.

—No están aquí, si es eso lo que te preocupa —dijo su abuelo.

Nick se quedó atónito y preguntó:

—¿Sabes que existen? —El abuelo asintió—. ¿Y qué más sabes?

—Lo que sé, Kolia, es que estás mejor aquí.

—¿Por qué? ¿Cómo voy a estar mejor aquí? ¿No me echas de menos? ¿Es que no me quieres? Me obligan a montar un caballo salvaje y comer una comida que te haría vomitar.

—Esa comida es tu herencia. Pero te he traído una cosa.

Se metió la mano en el bolsillo y sacó una hamburguesa con queso, todavía caliente y envuelta en un papel de colores brillantes.

—¡Qué bien! —Nick la desenvolvió y le dio un gran mordisco, disfrutando del olor, los pepinillos y el ketchup, todo a la vez. Con la boca llena de comida, intentó tragar al mismo tiempo que hablaba—. La comida de aquí es asquerosa y no tengo tele ni videojuegos ni mi monopatín. De lo único que dispongo es de esta familia chiflada a la que ni siquiera conocía, y todos hablan por medio de enigmas y hechizos. ¡Y en ruso! Y además, anoche, un Guardián de las Sombras trató de matarme y casi me ahogué.

Mientras lo explicaba, las costillas le recordaron lo cerca que había estado de la muerte. Al mirarlo, los ojos del abuelo reflejaban miedo.

—¿Vinieron aquí? ¿Se saltaron los sistemas de seguridad de Damian?

Nick asintió diciendo:

—Aquí no estoy seguro.

—Kolia, no estarás seguro en ninguna otra parte, salvo aquí.

—Pero no lo entiendo…

—Ven y siéntate.

El abuelo lo llevó hasta un pequeño sofá de terciopelo, junto a una maceta en la que crecía una enorme planta de flores azules. Nick terminó de devorar su hamburguesa e hizo una bola con el papel.

—Éstas crecen en Rusia —comentó el abuelo, tocando una de las flores que colgaba de la planta como una campana.

—No sabía que tú fueras ruso. Quiero decir, sé desde hace mucho, mucho tiempo que eres de algún otro país. Pero no sabía nada de esto. ¿Por qué no me lo contaste?

—Era más seguro así, Kolia. Tu madre pensó que si se casaba con un hombre normal, se teñía el pelo, se mudaba a un hotelito anodino de Las Vegas y trabajaba como ayudante de un mago, nadie sabría dónde estabas. Se quiso mezclar con la gente corriente, pero no dio resultado. Después de… su muerte, se lanzó un hechizo protector sobre ti. —El abuelo bajó la voz y se le acercó más para susurrarle al oído—: Recuerda estas palabras, muchacho: *Oberezhnyj scheet predkov hranit menia.*

En cuanto el abuelo pronunció el hechizo, la llave se calentó otra vez sobre el pecho de Nick, y una brisa caliente le acarició el rostro. De repente notó una especie de destello en la mente, como si estuviera mirando en una bola de cristal… aunque su bola estaba en el dormitorio.

—¿Qué? —le preguntó su abuelo.

Nick sintió vértigo y se agarró al sofá para mantener el equilibrio. Vio a unas personas con tal claridad, que parecía como si estuvieran frente a él, aunque sabía que sólo las percibía en la mente.

—Ves algo, ¿verdad? —insistió el abuelo.

—Sí, he visto cosas, pero no tenían sentido. He visto a Damian —joven y de pelo largo—, y a Teo. Y mi madre también estaba. Pero todo parecía tan real…

—¿Qué te ha enseñado Teo sobre la observación de bolas?

—Que debo acercarme a ellas con un corazón abierto, con un corazón puro.

—Pero ¿te ha hablado de ser un Observador o de la pureza de sangre?

—La verdad es que no.

—Pues ten en cuenta que un buen Observador recibe destellos de la bola hasta cuando la tiene lejos. Lo que has visto salía de tu bola; es evidente que Teo te la eligió bien.

—Dijo que perteneció a mi bisabuela. —El abuelo se echó a reír—. ¿Qué te hace tanta gracia?

—Es que tu bisabuela era mi suegra; toda un sargento, pero desde luego, tenía un gran poder. Esa bola es estupenda y se está comunicando contigo. Cuanto más la uses, más comprenderás su poder y más se fortalecerán tus aptitudes.

—¿Cómo sabes todo esto?

—Yo también formé parte de esta familia, Nick. Pero digamos que Damian y yo tuvimos discrepancias… acerca de una reliquia. Y decidí marcharme. Poco después, tu madre se marchó también. Pero ahora me percato de que Damian tenía razón: aquí estás más seguro.

—Pero si había un hechizo de protección, ¿cómo es que casi me matan?

111

—Ese hechizo sólo te protegía hasta el año en que te hicieras un hombre.

—¿A los dieciocho años?

—No, a los trece. Y cuando un par de días antes de tu cumpleaños vi que una sombra salía del Pendragon y cruzaba a la otra acera, me convencí de que irían a por ti, Kolia.

—¿Y por qué no nos mudamos y ya está? ¿Por qué no nos vamos a otra parte? Tú solías contarme cosas de Nueva York, te encantaba esa ciudad. ¿Y qué me dices de San Francisco? Nunca he visto el océano.

—No es tan sencillo, muchacho, porque yo no puedo mantenerte a salvo. El linaje de tu abuela, que es el de Damian, era más poderoso que el mío. Y tu padre… —Su abuelo se contempló las manos—. Por mucho que te quiera, él no es capaz de protegerte en absoluto, Kolia.

—Así que estoy atrapado.

Pensó en Isabella, que nunca había ido a un colegio normal, ni comido pizza, ni sabía nada de la vida fuera del hotel. Aquello era como una cárcel, aunque fuese uno de los lugares más famosos y glamurosos del planeta.

—Eso me temo.

Nick bajó la mirada. Se desabrochó la camisa y apartó la llave del pecho. Una marca roja, como una quemadura, trazaba la forma de aquel objeto en su piel. Tragó saliva.

—¿Qué abre esta llave, abuelo? Me está quemando.

—No lo sé. Sólo sé que ella murió protegiéndola.

—Yo creía que se había puesto enferma.

—No puedo hablar de eso —replicó el abuelo, enjugándose los ojos—. Pero depende de ti: averigua qué abre la llave, tal vez sea algo que te mantenga a salvo de ellos. Mientras tanto, Kolia, aprende todo lo que puedas. Cuanto más desarrolles tus capacidades de mago, más seguro estarás.

El chico negó con la cabeza y, sintiendo un peso en el estómago, dijo:

—Pero es que no puedo. Yo no soy Damian, ni Teo.

Abuelo, logré que un erizo se trasladara de lugar. ¡Vaya cosa, por favor! Pero esos Guardianes de las Sombras... ¿qué probabilidades tengo contra ellos?

—Disfrutas de algo que ellos no conocen.

—¿El qué?

—Tienes a la familia, Nick. —Y el abuelo se levantó.

Entonces el chico vio a su padre en el otro extremo del vestíbulo; llevaba una bolsa de la compra en la mano.

—¿Por qué no os quedáis aquí papá y tú?

—No es una buena idea, Nick. Al menos por ahora.

Cuando su padre llegó hasta donde ellos estaban, lo abrazó.

—¿Cómo estás, hijo?

Nick lo observó; lo recordaba mucho más alto: cuando se abrazaban, la cabeza siempre le llegaba a algún punto del pecho de su padre. Pero ahora casi podía mirarlo cara a cara. Su padre tenía los ojos enrojecidos y estaba pálido.

Ahora ya sabía por qué su abuelo creía mejor dejar las cosas como estaban... al menos de momento.

—Estoy bien, papá. No quiero que te preocupes. Están cuidando muy bien de mí y, si no fuera porque no hay pizza ni hamburguesas de queso, es estupendo.

Procuró reunir todo el falso entusiasmo que pudo, como cuando acostumbraba a decirle a su padre que su actuación en el Pendragon era asombrosa.

—¿Tú, sin hamburguesas de queso? Vamos... —El padre le guiñó un ojo.

—¿Cómo es que nunca me hablaste de ella? —le preguntó Nick.

—Pensé que a lo mejor pasaría todo, hijo, o que se olvidarían de ti. En parte, yo no lo entendía de verdad, por lo menos, no del todo. Cuando salía el tema de la pureza de sangre, me parecía que era puro orgullo de tu abuelo debido a vuestra herencia. Estaba convencido de que no era más que un montón de cháchara.

—Papá, es todo real. Yo no lo hubiera creído, pero...

113

—Ahora comprendo por qué no ha funcionado ninguno de mis trucos desde que ella murió.

Nick se esforzó por pensar algo que decir, algo que no le produjera tanta tristeza a su padre.

—Te prometo aprender todo lo que pueda, papá. Y luego… luego tendré un número de magia y actuaremos juntos.

Su padre sonrió un poco y le puso las manos en los hombros.

—Me parece muy bien, hijo. Algún día trabajaremos juntos. Pero ahora mira lo que te he traído, porque no fuimos a buscar tu regalo de cumpleaños.

Nick sonrió, con la esperanza de que fuese lo que él creía que sería. Rompió el papel y, cómo no, ahí estaba el monopatín de sus sueños, de siete capas de grosor y una calavera y unos huesos dibujados.

—¡Gracias! —exclamó. Ya se imaginaba patinando por el sótano del hotel.

—Es el que querías, ¿no?

—Ni más ni menos.

—Pues que lo disfrutes. Y mientras, piensa en el dicho ruso de tu madre: «Come lo que se cocine y escucha lo que se diga».

—¿Así es como ella soportaba la comida rusa?

—Eso creo —repuso el padre, riéndose—. Pero acuérdate de escuchar y mantente a buen recaudo. Vendré a verte la noche del estreno.

—¿Cómo lo has sabido?

Y entonces lo vio: al otro extremo del vestíbulo había un póster que medía dos pisos de altura y anunciaba el nuevo espectáculo. Damian, por supuesto, estaba en primer plano y en el centro, observando a todo aquel que entrara en el opulento vestíbulo del hotel. Junto a él había un tigre blanco y, al otro lado, un oso polar inmenso; detrás del mago se veía un caballo montado por un jinete. Un Damian joven: el propio Nick.

ENTRENAMIENTO ACELERADO

RECUERDAS QUE TE DIJE QUE ESTABAS EN UN PROGRAMA de entrenamiento acelerado? —preguntó Teo, contemplando por encima de las gafas a Nick, quien a duras penas escribía el alfabeto cirílico, bajo la aburrida mirada de su erizo.

—Sí —murmuró el chico.

—Menos mal, porque Boris y tú tenéis una lucha de espadas a la una en punto.

—¿Eeeh? —Nick alzó la vista—. Qué gracia, he entendido que decías «lucha de espadas a la una en punto».

—Así es. Y fíjate, ya es la hora.

Como hecho aposta, las manecillas de un enorme reloj de cucú se plantaron exactamente a la una, produciendo un chasquido. Al instante se abrió una puertecilla, y un pájaro de extraña apariencia se asomó y graznó:

—Es la una. —Agitó las plumas, que eran negras y relucientes con un lustre violáceo, y se las arregló con el pico. Por último, bajó la vista desde la pared y chilló—: ¡Nick! Es la una en puntísimo. ¡Ponte en marcha!

Graznó otra vez y desapareció tras la puertecilla del reloj.

—¡Está bien, está bien! Ya me voy. Pero ¿quién es Boris?

—Soy yo —dijo una cavernosa voz desde la entrada, que quedó como obstruida, y la habitación se sumió en la penumbra.

Nick miró hacia la puerta, y ahí estaba el hombre más grande que había visto nunca, de enormes músculos, un reluciente cráneo calvo… y los ojos del mismo color que los del chico. Bueno, más bien «el ojo», ya que un parche negro de pirata le cubría el izquierdo y una fea cicatriz le surcaba el rostro. Daba la impresión de que era capaz de aplastar a Nick entre el dedo índice y el pulgar…

—Fantástico —dijo el chico.

Echó un vistazo a Teo, se puso en pie y siguió al recién llegado por el pasillo hasta el final de éste y, una vez allí, Boris le habló a una puerta de madera maciza, como surgida de una mazmorra medieval. La puerta se abrió de golpe y Nick se encontró ante una sala gigantesca, de suelo de madera cubierto de esteras y paredes repletas de trajes raros, espadas y armaduras.

Boris le indicó con un gesto que se colocara en el centro de la habitación. Lo evaluó y, acto seguido, señaló una espada, que cruzó la sala volando con la punta orientada justo hacia el chico. Éste gritó y se agachó, y la espada cayó repicando en el suelo.

—¿Estás loco? ¿Es que estáis todos locos? ¿Eh? ¡Podrías haberme matado!

—No, mozalbete, no. Te estoy buscando una espada. ¡No te muevas! ¿Crees que arriesgaría un solo pelo de tu cabellera? Ésta es la única forma.

Boris empezó a señalar otras espadas, que también volaron hacia Nick; cortaban el aire produciendo un tenue sonido sibilante, y todas ellas se sostenían en vilo, inmóviles, antes de estrellarse en el suelo. Por fin, en la pared quedaba una única espada. Boris le hizo una seña.

Esta espada surcó el aire y trazó varios círculos alrededor de Nick, antes de descender en picado y posarle suavemente la empuñadura en la mano. Él la sostuvo y observó que tenía tres rubíes incrustados.

—¡Cómo pesa! —exclamó.

—Por supuesto. ¿Acaso creías que sería de plástico? —gruñó el hombre. Levantó las manos y todas las demás espadas se alzaron del suelo y volaron de regreso a sus correspondientes puestos en la pared—. Y ahora, luchemos.

Al quitarse Boris la camisa blanca que llevaba, dejó al descubierto una camiseta de tirantes que le permitía lucir los abultados bíceps y los brazos, que parecían las ramas de un árbol macizo.

—Debes de estar bromeando.

—Nada de eso.

—Me vas a pulverizar.

La espada de Boris voló desde la pared hasta donde él se encontraba, y la acogió con una de sus gruesas y rollizas manos.

—No luchamos nosotros, sino nuestras espadas. —Boris soltó la empuñadura, y la espada quedó suspendida en el aire, casi con gracilidad, ligera como una pluma. Nick soltó la suya, pero se estrelló contra el suelo—. ¡No, no! —exclamó Boris—. Tienes que tomártelo en serio.

—Lanzándome esas espadas afiladas, ¿crees que no me lo voy a tomar en serio?

—Concéntrate. Cierra los ojos.

—Si los cierro, ¿cómo veré dónde está tu espada? ¿Cómo sé que no me rebanarás la cabeza con una de ésas?

—Mi joven y atontado primo, si quisiera matarte, ya lo habría hecho. Te daría un manotazo como si fueras un mosquito.

—¡Qué reconfortante! Oye, ¿y también somos primos?

—Sí.

Nick lo observó: la cicatriz le recorría la cara desde debajo del parche del ojo hasta casi el cuello; era violácea y roja, y daba la impresión de que, en su día, tuvo que ser profunda. Quienquiera que lo alcanzara con una espada… Nick se estremeció al pensar en qué habría bajo ese parche.

A todo esto, Boris chasqueó los dedos; y le apareció un pañuelo de satén negro en una mano.

—Muy bien, como no vas a cerrar los ojos, lo haremos de esta manera.

Se colocó detrás del chico y le vendó los ojos bruscamente. Con el pañuelo puesto, las imágenes surcaron la mente de Nick. Se tambaleó hacia atrás casi medio metro, palpitándole a cien por hora el corazón, y se esforzó por percibir su espada, como si, de algún modo, pudiera extender una mano invisible hacia la empuñadura y controlarla.

Nick oyó cómo las dos espadas colisionaban en el aire, y se unió con la suya mentalmente, hasta que le asaltó la imagen del momento en que la forjaron. Vio al fabricante de espadas, de rasgos japoneses, que vestía una túnica blanca y holgada, así como la casa de estilo japonés que, rodeada de cerezos en flor, aparecía en la distancia.

Sintió calor, como si estuviera cerca del yunque y el fuego, y se hallaba muy lejos, aunque todavía estaba presente en la sala con su entrenador.

Éste le quitó la venda, pero Nick no perdió su concentración.

—Ya puedes mirar —le indicó Boris.

Abrió los ojos. Las espadas continuaban luchando en el aire, golpeándose entre sí con tal intensidad, que sus filos echaban chispas que caían al suelo. Boris hizo un gesto y ambas armas se separaron; la de Nick voló al lado de éste, y Boris la cogió por la empuñadura.

—Dame la palma de tu mano.

—¿Por qué?

—Ésta es tu espada, Nikolai. No puede herirte.

Con el extremo del filo presionó la parte carnosa de la

palma de Nick. Nada ocurrió: no se cortó ni le salió sangre. Y eso que él sabía que habría podido rajar cualquier cosa; el arma era capaz de encontrar su blanco, su objetivo. No sabía cómo, pero lo sabía.

—Uauh.

—Cógela, Nikolai: ella te defenderá. Pero, igual que te enseña Teo con tu bola de cristal, hay que blandir la espada de todo corazón, nunca para tu beneficio personal ni por simple venganza, y sólo para salvar tu vida o la de tus seres queridos ante un ataque. Si no, el filo te cortará. ¿Lo entiendes, Kolia? —Nick asintió—. Bien, bien.

Boris le hizo una reverencia al chico; éste se la devolvió y cogió su espada, que aún emanaba calor.

Vale, no había hamburguesas, odiaba las huevas y los Guardianes de las Sombras querían matarlo... pero eso de la espada era guay.

¡UN OSO BAILARÍN TIRADO DE PRECIO!

AL VOLVER A SU HABITACIÓN, NICK BUSCÓ ALGÚN sitio donde guardar la espada. Ésta, como si le hubiera leído la mente, voló de la mano del muchacho a la pared, donde quedó perfectamente colgada a pesar de que no la sostenía nada, salvo la magia. Nick sonrió. Esa espada conseguía que los últimos días valieran la pena. O casi…

Por otra parte, la bola de cristal descansaba sobre su pedestal, encima de la cómoda. Y aunque se sentía tonto, el chico hizo lo que Teo le había enseñado: se acercó a ella y la frotó con las manos, para familiarizarse. Teo decía que de ese modo conseguiría que la bola se «grabara» en él. Así funcionaban en el mundo de aquellos magos las reliquias y la magia: los objetos se adherían a quienes estaban destinados a servir.

De repente la bola se puso brumosa, llenándose de un humo azulado. Nick esperó a que se despejara, mientras oía a alguien toser, y Serguei *el Loco* apareció en el interior, moviendo las manos.

—¡Eh, Nick! —Tosió—. No soporto este humo azul. —Volvió a toser—. Huele a arenques en vinagre.

—¿Qué estás haciendo en mi bola de cristal?

—¿Estás contento con tu caballo?

—Bueno, sí... Ahora que Irina lo ha tranquilizado, sí. Al principio podría haberme matado montándolo. La verdad es que, entre las espadas, el caballo y que casi me ahogo, de momento estar con vosotros es bastante peligroso.

—Pero tienes la oportunidad de aprender los secretos de Damian. Cualquier Guardián de la Magia mataría por ello. —Nick tragó saliva. A lo mejor era eso lo que temía: no quería enterarse de aquellas cosas por las que matarían los magos—. Oye, tengo un oso pardo de oferta; viene de un circo y ya sabe bailar encima de una pelota. Es un número de primera; creo que te gustará.

—No puedo tener un oso de mascota, Serguei. Eso no me corresponde a mí, sino a Isabella.

—Pero si está tirado. A ti te lo dejaré barato, y sería como un compañero de habitación; te haría compañía.

—Pregúntaselo a Damian.

—No puedo; Damian me odia.

—Pues te compró mi caballo.

—Sí, claro, porque soy el último vendedor de akhal-teké que queda. Por favor, habla con él. Es un oso encantador y muy listo; sabe contar hasta cuatro. Si le dices: «Oso, cuenta hasta cuatro», da cuatro palmadas con las pezuñas. Ya te digo: encantador.

La imagen de Serguei fue reemplazada por un oso pardo que bailaba sobre una pelota roja en un circo ruso, a juzgar por las letras.

—No, Serguei, no.

—Bueno, ya volveré más tarde.

Nick sonrió a pesar de todo y se giró. Pero al darle la espalda a la bola, la llave le quemó el pecho. Volvió a mirar la bola de cristal y vio en ella a un hombre que daba miedo; te-

121

nía los ojos como los de él, aunque no parecían racionales y sólo reflejaban pura demencia. Miraban con tal intensidad que el chico se estremeció, presa de un frío repentino.

Se aproximó más a la bola, aunque temeroso de hacerlo demasiado. Se trataba del hombre del árbol, el de la parte chamuscada. Era Rasputín.

—*Privet*, Nikolai Rostov.

Nick había aprendido que la palabra que sonaba como *privet* significaba «hola». De hecho era Привет, pero estaba tan harto de aprender ruso que le entró dolor de cabeza.

—*Privet* —respondió sintiendo un cosquilleo, fruto del miedo.

Deseó disponer de un interruptor, pues lo único que quería era desconectar la bola de cristal por completo. No le apetecía ser un Observador, aunque al principio le pareciera que sí al saber que podría conocer el futuro y hacerse rico. Pero esto de ninguna manera… Rasputín no…

Cerró los ojos, diciéndose que tal vez así aquel rostro se esfumaría de la bola de cristal, pero de todas todas continuaba recibiendo imágenes en la mente, que, como en una pesadilla, estaba ocupada por aquellos ojos dementes.

De nada serviría huir, pues Rasputín lo asediaría mentalmente.

—¿Qué quieres? —preguntó por fin el chico, abriendo otra vez los ojos.

—Creo que ya lo sabes. Me parece que tienes algo que yo deseo, Nikolai.

La llave lo quemaba, pero Nick procuró disimularlo.

—¿El qué?

—Sigue la pista del Reloj de Arena Eterno.

Nick observó la bola. Rasputín tenía entre las manos el reluciente reloj de arena.

—Pero si ya lo tienes. Lo estoy viendo.

—Sí, pero ha perdido sus capacidades mágicas. Ya no funciona.

—¿Y es culpa mía? ¿Yo qué voy a saber de todo eso?

—Sigue la pista, te repito. Síguela y haremos un trato.

—¿Qué clase de trato? —preguntó mirándolo con recelo.

—Tráeme lo que busco y te haré mucho más poderoso que Damian. Así tendrás la posibilidad de dejar a esta gente y vivir tu propia vida, lejos de sus normas y sus costumbres extrañas. En realidad, ¿qué sabes de ellos? No son de fiar.

—Pero tú eres el malo. Tú eres el del lado carbonizado del árbol y quien mandó a los Guardianes de las Sombras que me ahogaran.

—¿De veras? Parecería que fueron los osos polares de tu familia quienes lo intentaron. Observa. Sigue la pista. La traición te acecha, Nikolai; te lo digo por tu propio bien. Tráeme lo que necesito.

Y se quedó mirando a Nick, que no podía apartar la vista de los fantasmagóricos y magnéticos ojos de Rasputín.

Y un instante después, se produjo un destello y desaparecieron.

La bola se quedó fría.

Y Nick se sintió absolutamente solo.

123

¿QUIÉN SE CUELA EN UNA BIBLIOTECA EN VERANO?

U N POCO MÁS TARDE, NICK SE DESPERTÓ EN PLENA noche notando las piernas muy doloridas a consecuencia de haber cabalgado, y las costillas resentidas por haber estado a punto de ahogarse. Además, la llave no sólo estaba caliente, sino que parecía dotada de corazón, ¡y éste palpitaba!

Se dedicó a observar las letras que cubrían ambos lados:

Течение реки и времени не остановить.

Debía de ser ruso. Teo llamaba al alfabeto ruso «cirílico», y era completamente distinto al que Nick conocía. Así que, como si el nuevo espectáculo no le proporcionara ya bastantes preocupaciones, teniendo que montar a caballo y hacer magia bajo los deslumbrantes focos y ante el público, encima estaba aprendiendo a hablar ese nuevo idioma. A veces sentía una presión en el cerebro, igual que le pasaba en clase de mates el curso anterior.

Sin embargo, debía enterarse de qué decía esa inscripción. A lo mejor le revelaría qué deseaba Rasputín o qué deseaban los Guardianes de las Sombras hasta el punto de intentar matarlo.

Se levantó de la cama y fue hacia la puerta. La abrió un poco y vio a *Sascha*, que llevaba una pata vendada tras su encuentro con el Guardián de las Sombras, tumbada frente a la salida. La gran tigresa alzó la cabeza, bostezó y lo miró con expectación.

—Voy al dormitorio de Isabella —susurró Nick al felino gigante.

Sascha bostezó otra vez, se desperezó y recorrió junto a él el pasillo hasta la habitación de la chica. Nick llamó a la puerta con suavidad, vigilando un extremo del pasillo y luego el otro, por si alguien lo observaba.

Una Isabella muy dormida abrió la puerta; llevaba un camisón largo de franela que lucía el dibujo de un tigre, bostezaba y el largo cabello se le había convertido en una maraña.

—¿Qué haces aquí? —preguntó, mientras *Sascha* se le pegaba y se frotaba la cabeza contra la mano de la chica, en busca de una caricia o una palmadita.

Ahora que estaba ahí, a punto de hablarle de la llave de su madre, Nick se lo pensó mejor. No es que tuviera la impresión de que no podía confiar en ella, pero recordaba sin cesar a la criatura de la piscina. Tal vez fuera mejor que nadie supiera nada de la llave. Además, debía tener en cuenta el trato con Rasputín y sus palabras: «la traición te acecha». ¿De quién se trataba? ¿Isabella? ¿Damian? ¿Teo? ¿Boris? Alguien de la familia podía ser el enemigo.

Pero la llave vibró con insistencia. No había forma de evitarlo; necesitaba la ayuda de Isabella. Ésta bostezó otra vez.

—Venga, Nick, suéltalo ya. —El chico se levantó la camiseta para mostrarle la quemadura—. ¿Cómo te lo has hecho? —le preguntó ella, achicando los ojos.

—Con esto. —Levantó la llave.

125

—¿De dónde la has sacado? Parece oro de verdad. —Isabella la tocó y se la puso en la palma—. Y además pesa.

—Era de mi madre. Necesito saber qué dice la inscripción.

—No la veo bien. —Ciertamente, el pasillo estaba oscuro.

—Está en cirílico.

—¡Uf! —se quejó ella—. A lo mejor necesito que me echen una mano. Se lo preguntaremos a mi hermana.

A esas alturas, Nick ya sabía que Irina era la hermana —mucho mayor— de Isabella. El padre de ésta había muerto, y su madre ya no actuaba en el espectáculo, sino que colaboraba en el cuidado de la Gran Duquesa.

—¡No!

—¿Y a Teo? Él lo sabrá.

—No, no. Creo que será mejor mantenerlo en secreto, por ahora. Necesito que me cueles en la biblioteca de Damian. Lo buscaremos nosotros mismos.

Isabella se llevó una mano a la cadera, y le advirtió:

—Si nos pillan, nos meteremos en un buen lío.

—¿Peor que cuando el Guardián de las Sombras intentó matarme y casi me ahogo? ¡Vamos, Isabella...! —Vaciló porque detestaba pedir cosas a la gente, pero añadió—: Por favor.

—Está bien. Un momento. —Cerró la puerta, tardó cerca de un minuto y apareció de nuevo, todavía vistiendo el camisón de franela pasado de moda, provista de una linterna—. ¡Vamos! Haz exactamente lo que yo haga.

Isabella caminó pegada a la pared, y cuando llegó cerca de una cámara de seguridad, le dijo a Nick:

—Agáchate.

Ambos se pusieron a cuatro patas y avanzaron ocultos tras el inmenso cuerpo de *Sascha*, con la esperanza de burlar el equipo de seguridad, de modo que pareciera que sólo la tigresa merodeaba por ahí.

Una vez dejada atrás la cámara, se metieron en el ascensor, bajaron un piso y salieron. El pasillo estaba completamente a oscuras, salvo por la tenue luz que arrojaban un par de apliques de pared. Éstos avanzaban al mismo tiempo que los dos chicos, iluminándoles el camino mágicamente, pero Isabella los riñó:

—¡Fuera de aquí! ¡Dejad de seguirnos!

La luz se incrementó, como si los apliques se enojaran, pero después perdió fuerza mientras que los apliques les danzaban por encima de la cabeza y se alejaban. Ocultos ya entre las sombras, penetraron en la biblioteca de Damian junto con *Sascha*.

Una vez dentro y con la puerta cerrada, Isabella encendió la linterna y la enfocó hacia las altas hileras de estanterías empotradas; después, iluminando el cuello de Nick, le pidió:

—Déjame verla otra vez.

Él la sostuvo para enseñársela y ella leyó la inscripción.

—Vale, ven por aquí. *Sascha*, tú vigila la puerta.

Lo condujo hasta donde había un libro, cubierto de una fina película de polvo, que era casi tan alto como ellos y tan gordo como tres diccionarios juntos. Lo sacó de la estantería y lo puso sobre una mesa.

—Este libro contiene la mayoría de los hechizos que utilizamos; están por orden alfabético. Déjame volver a ver las letras.

Течение реки и времени не остановить.

—Ojalá hubiera estado más atenta en clase. —Se lamentó mordiéndose el labio—. Vale, creo que se pronuncia... *Techenie reki i vremeni ne ostanovit.* —Giró despacio las gruesas y recias páginas—. El significado de los hechizos cambia dependiendo de su origen, ¿sabes?, porque la lengua rusa ha evolucionado con el tiempo.

Isabella continuaba buscando mientras recorría las páginas con el dedo. Nick habría jurado que oía los corazones de ambos latiendo a toda velocidad en la silenciosa biblioteca.

—Date prisa, Isabella.

—Eso intento. —Pasaba con cuidado las páginas, que crujían de viejas. Después de lo que pareció una eternidad en medio del silencio de la sala, sonrió a la pálida luz de la linterna—. ¡Aquí está!

Nick observó el libro por encima del hombro de la muchacha, pero todo estaba escrito en cirílico.

—¿Qué quiere decir?

—Pues, por lo que yo entiendo, es algo así como... «El tiempo no se detiene para nadie.»

—¿Y qué clase de hechizo es ése?

—No lo sé. Me parece... Bueno, puede que suene un poco a locura, pero a lo mejor...

—¿Qué?

—Me parece que tu madre intentaba detener el tiempo.

—No lo entiendo. —Nick hizo un gesto de asombro.

Pero, antes de que pudiera preguntarle más cosas a Isabella, *Sascha* gruñó.

—¡Calla! —susurró la chica.

Cerró el libro de golpe, apagó la linterna y los tres —Isabella, Nick y la tigresa— se sumergieron en la oscuridad más absoluta.

UNA REUNIÓN INSOSPECHADA

N MEDIO DE UNA NEGRURA TOTAL, TAN DENSA Y opresiva que Nick ni siquiera veía a Isabella aunque la tenía a sólo unos centímetros, ella lo cogió de la mano y lo guio hasta detrás de un escritorio inmenso, donde se escondieron agazapados. En ese momento alguien entró en la biblioteca.

A pesar de la oscuridad, *Sascha* se pegó a ellos, y su respiración constante y su pelaje hicieron entrar a Nick en calor.

Quienquiera que hubiera entrado allí también llevaba una linterna y Nick distinguió cómo el haz de ésta trazaba un arco a lo largo del techo. El espía —ya fuera hombre o mujer— se acercó a varios libros, y ellos oyeron cómo abría gruesos volúmenes y pasaba las páginas.

Nick tragó saliva… aunque temía incluso que el intruso detectara ese ruido. Se mantuvo lo más quieto posible, aunque le dolían todos los músculos.

Parecía que el tiempo transcurría muy despacio, y los músculos le temblaban de estar agachado tanto rato. Al fin, oyeron que el espía emitía un rugido de disgusto y exclamaba:

—¡Estúpidos!

Nick reconoció la voz: ¡era Boris! Observó cómo la luz se alejaba de ellos hasta convertirse en un puntito. A continuación se abrió la puerta de la biblioteca y enseguida se volvió a cerrar.

—Nos ha faltado muy poco —susurró Isabella.

Salieron de su escondite y volvieron donde estaba el libro de hechizos. Estaba abierto por la misma página que ella había encontrado hacía un momento.

—Alguien sabe algo sobre este hechizo, Nick. Han ido directo a por él.

—Era Boris.

—¿Estás seguro?

—Le conozco la voz: es la misma que me tortura en las clases de lucha de espadas. Tenía la impresión de que no podía confiar en él. —No le comentó, sin embargo, que Rasputín le había avisado de que la traición lo acechaba—. Nos ha seguido o sabe el secreto de la llave.

—Boris me asusta un poco —afirmó Isabella mordiéndose los labios—. Él asegura que controla las espadas que se utilizan en el número correspondiente, pero siempre me da un poquitín de miedo... no sé, de que un día patine y una de esas armas le corte la cabeza a Damian o algo así.

—¿Y qué hacía en la biblioteca, mirando el mismo libro y buscando el mismo hechizo que nosotros?

—Tenemos que averiguar qué abre esa llave.

—Pues yo no tengo ni idea de qué es. ¿Acaso una puerta, o una habitación secreta, o un cofre del tesoro?

—Yo nunca había visto una llave como ésta.

Cuando los dos amigos se dirigían hacia la puerta, Nick descubrió una esfera brillante en uno de los estantes.

—¡Mira!

—¡Claro! —exclamó Isabella, excitada—. Tú eres un Observador, y por lo tanto, capaz de mirar en las bolas de cristal de Damian. ¡Vamos!

Nick contó quince bolas diferentes colocadas en la estantería. Catorce de ellas estaban oscuras y frías, pero la restante, del tamaño de un melón pequeño, brillaba con un débil tono azulado.

—No sé qué hacer. No es mi bola.

—Haz lo mismo que con la tuya.

Nick tocó el cristal; lo notó cálido, y cada vez se calentaba más bajo la palma de su mano. Cerró los ojos un minuto y percibió un destello en la mente; volvió a abrirlos y ahí, dentro de la bola, había gente que parecía tan real como Isabella y él mismo.

París, 1900

—¿Monsieur Verne?

El anciano con barba se dio la vuelta.

—¡Monsieur Houdini!

Cruzó la habitación cojeando y dio un vigoroso apretón de manos al famoso ilusionista.

—Es un placer conocerlo.

—Lo mismo digo. Siéntese, siéntese. —Señaló una silla de piel de su despacho.

—Soy un gran admirador de su obra, monsieur Verne.

—Y yo de la suya. He oído que no se le resiste ninguna cerradura.

—Lo cierto es que todavía está por fabricarse la que lo consiga.

—¿Quiere usted coñac?

—No, gracias. Estoy impaciente. Debo preguntarle... Dígame, esos libros, esas novelas que usted escribe sobre el futuro, ese texto concreto *De la Tierra a la Luna* en el que afirma que algún día el hombre viajará realmente a la Luna... ¿pueden ser ciertos?

—Cierto, todo cierto —asintió Verne—. Desde luego

131

—bajó la voz—, cambio algunos detalles; no hace falta levantar sospechas. Pero sí, algún día el hombre viajará a la Luna.

—No consigo imaginarlo. De pequeño, mi madre me contaba que la Luna estaba hecha de queso suizo.

Los dos hombres se rieron.

—No, no es un queso suizo, sino roca.

—Y, según usted, se llegará en un cañón volador, ¿no? —Houdini se aproximó a Verne, temblando de excitación.

—Así es. De hecho, se tratará de un cohete, pero para mis propósitos, lo llamé cañón. Pero sí, sí. Y en la novela bauticé a mi cañón como *Columbiad*, aunque en el futuro se llamará *Columbia*; no es que modificara mucho el nombre. Tal vez —se rió suavemente— no sea un genio de la novela, como cree la gente. Supongo que los detalles son tan maravillosos, que quiero dejarlos todos tal como los vi.

—Eso es lo más asombroso: usted vio todas sus predicciones. ¿Acaso fue en una bola de cristal?

—En efecto —confirmó Verne—. Hace muchos años, en 1862, estuve jugando un poco a las cartas, apostando, con tres rusos. Al finalizar la noche, uno de ellos, llamado Petrov, me debía una suma descabellada de dinero. A cambio de cancelar su deuda, me dejó echar un vistazo al futuro.

—¿Y cómo llegó a poseer el reloj de arena?

—Como sabe, soy cojo. —Houdini asintió—. Seguro que ya debe de conocer la historia…

—Sí, claro: su sobrino le disparó. Por cierto, ¿no lo ingresaron en un asilo para perturbados mentales?

—En efecto, así fue. Una tragedia. Nadie sabe por qué un hombre se vuelve paranoico, ni qué le ocurre en el cerebro. No obstante, aunque Gastón me hubiera disparado, a mí me preocupaba mucho su situación, de modo que le hice una visita al amparo de la noche. Nadie se enteró, ni siquiera mi mejor amigo; hasta ordené que mi carruaje me dejara a casi un kilómetro de distancia del psiquiátrico, y fui andando el resto del camino pese al intenso dolor.

—Siga, siga.

—Vi a Gastón. Pero él estaba perdido en su universo de locura, de modo que no descubrí nada acerca del estado mental en que se hallaba cuando apretó el gatillo. Sin embargo, cuando ya me iba, otro interno extendió la mano por entre los barrotes de su cuarto. El guarda me dijo que no me acercara, pero… tal vez sentí que esa persona necesitaba contacto humano desesperadamente. Así pues, me aproximé, receloso, como puede figurarse.

—¿Y?

A esas alturas, Houdini ya casi se salía de su asiento, intrigadísimo.

—Habló con acento ruso y me metió un trozo de papel en la mano. No permití que el guarda lo viera.

—¿Y qué ponía?

—Era aquel mismo ruso que me había enseñado la bola de cristal. Lo habían encerrado allí una vez que, estando borracho, se puso a hablar del futuro como un chiflado. La nota era una súplica: si yo hablaba con el director, utilizando mi prestigio (al fin y al cabo poseía el título de sir),y lo ayudaba a salir de manicomio, él me regalaría un reloj de arena que detenía el tiempo.

—¿El reloj que, según se dice, perteneció a Houdin?

—Eso es.

—¿Y era posible sacar de allí a ese hombre?

Julio Verne asintió, se acarició la barba y dijo así:

—Era un secreto, por supuesto. Pero sí, me responsabilicé de él. Le prometí al director del psiquiátrico que, en cuanto se asegurase la liberación del caballero, yo le pagaría un billete para que regresara a la Madre Rusia; de ese modo el hombre ya no sería un problema para Francia. Y de nuevo al amparo de la noche, fue liberado. Me lo llevé en un carruaje a la estación de tren y le reservé el pasaje, y él, a cambio, me dio el reloj de arena. Yo no tenía ningún motivo para dudar de las capacidades de ese objeto, señor Houdini.

133

He visto edificios tan altos como el cielo, barcos-cohete, y ordenadores que permiten a la gente comunicarse con sólo pulsar un botón. Y el reloj de arena hace lo que él dijo que hacía… aunque advirtió que no hay que abusar de él, ya que puede volverse en contra de quien no respete su poder.

—Pero ¿dónde ha estado todo este tiempo?

—Se lo robaron a Houdin. Por lo visto, esos rusos son una especie de magnates del robo; no tienen ningún reparo en mentir, engañar, estafar e incluso apostar. Se había cerrado un trato: un reloj de bolsillo capaz de detener el tiempo brevemente —unos segundos— a cambio del reloj de arena. Pero entonces los rusos descubrieron que la magia del reloj de bolsillo no era tan potente, por lo que robaron otra vez el de arena. Parece ser que luego volvió a aparecer y tuvo una existencia bastante secreta, aunque agitada, por toda Europa. En un momento dado lo perdieron en una partida; más tarde, lo robaron unos viles magos rivales. Y ahora… ahora, mi querido Houdini, está aquí. Venga.

Haciendo una mueca a causa del dolor que aún sentía desde que su sobrino enloquecido le disparó, Julio Verne se levantó. Pese a la cojera que le hacía arrastrar un poco la pierna, llegó hasta una mesa en la que había un objeto oculto por un paño de terciopelo.

Houdini se situó a su lado. Parecía que apenas podía reprimir las ganas de quitar él mismo la cubierta de terciopelo negro.

—Monsieur Houdini —anunció Julio Verne—, aquí tiene el Reloj de Arena Eterno.

Y con un gesto grandilocuente, apartó el paño y mostró un reloj que contenía arena salpicada de oro. En torno a los bordes superior e inferior había unas palabras grabadas en cirílico:

Течение реки и времени не остановить.

—¿Qué significa la inscripción? —preguntó Houdini mirando más de cerca.

—Según el ruso, es un antiguo hechizo. «El tiempo no se detiene para nadie.»

LOS GUARDIANES
DE LA MAGIA

LIBRO PRIMERO

CAPÍTULO

16

A VECES SÓLO HACE FALTA UN PEQUEÑO EMPUJÓN

A LA MAÑANA SIGUIENTE, DURANTE EL DESAYUNO, Nick intentó no mirar a Isabella, pues no quería que nadie sospechara lo que habían hecho. La noche anterior, después de ver a Julio Verne en la bola de cristal, abandonaron el estudio de Damian dejándolo exactamente como lo habían encontrado, y se escabulleron hacia sus habitaciones. Nick durmió mal el resto de la noche, tratando de imaginar qué abriría esa llave. ¿Acaso su madre robó el Reloj de Arena Eterno y lo escondió en alguna parte? Desde luego, no le sorprendería, pues por lo visto procedía de una antigua estirpe de ladrones. Pero si era así, ¿por qué lo tenía Rasputín? ¿Y por qué ya no funcionaba?

Durante todo el desayuno, se concentró en la comida; estaba aprendiendo a elegir los alimentos con prudencia. Para desayunar, una sopera de plata ofrecía *kasha*, una especie de harina de avena; si le añadía unas diez cucharadas de azúcar, casi era soportable. A veces también le echaba almíbar encima o un poco de fruta, pero azúcar, siempre, y a montones. Y lo mismo hacía con el té negro. También había

136

blinis, aunque nunca cogía los de huevas. Le daba igual que todos los miembros de la familia se pirrasen por el caviar; a él nunca, nunca, nunca jamás le gustarían las huevas en gelatina. Así que cogió unos *blinis* de nata agria y los cubrió con más azúcar (de hecho, procuraba cubrirlo todo con azúcar). Asimismo había *ponchiki*, que en realidad estaban buenísimos, pues eran como donuts calientes. Pero no los tenían todos los días. Lo que sí tenían a diario era *borsch* y *piroshki*. El *borsch* era sopa de remolacha, aunque a él le parecía una barbaridad hacer esa clase de sopa; tomar fideos con pollo, bueno. Pero remolacha… Había aprendido a comer los *piroshki*, unas bolas de masa que se rellenaban; los mejores eran los que llevaban patata, pero ni hablar cuando llevaban carne o, peor aún, ciruelas.

Así que se centró en su avena rusa superazucarada y se bebió su té ruso superazucarado, y no miró a Isabella.

Teo entró en el comedor a la hora acostumbrada para recogerlos y llevarlos a clase. Mientras caminaban por el pasillo, Nick se sintió relajado: prueba superada.

Cuando llegaron al aula, Teo ya tenía la bola de cristal encima de su escritorio, sobre un pedestal alto.

Dentro de ella se estaba representando una escena oscura, y la imagen era tan tenebrosa que Nick no fue capaz de discernir qué sucedía. Al acercarse más, vio que eran Isabella y él la noche anterior.

—¿Os importaría explicaros? —les pidió Teo, sentándose en su escritorio y entrelazando las manos.

Nick miró a su amiga, y ésta le devolvió la mirada. Pero ninguno de los dos dijo nada. Teo aguardaba.

A Nick le pareció que oía las palpitaciones de su propio corazón. En éstas, el cucú emergió del reloj y graznó:

—¡Díselo! ¡Díselo!

—Estoy esperando —dijo Teo—. Pacientemente… de momento. —Nick seguía sin soltar palabra—. Si Damian se entera de que entrasteis en su biblioteca, os meteréis en tal

137

lío que deseáréis ser unos erizos encerrados en una jaula.
¡Desembuchad! Puedo averiguarlo mediante la magia, o
bien me lo contáis vosotros. Creo que sería mejor la segunda opción, ¿no os parece?

Nick miró de nuevo a Isabella como diciendo: «No tenemos elección». Y de repente las palabras le salieron a borbo-
tones de la boca: la llave, la quemadura del pecho, la inscripción en cirílico, lo que vieron en la bola de cristal y el espía
de la biblioteca... aunque por ahora se calló que era Boris,
así como lo de Rasputín en su propia bola.

—Teo, ¿qué abre esta llave?

—No lo sé.

—¿Podría observar y...? No sé, ¿ver si mi madre robó el
reloj de arena?

Teo tocó la bola de cristal, que se aclaró otra vez, y contestó:

—Kolia, debes entender algo sobre la magia.

—¿Qué he de entender?

—Pues que lo es todo y no lo es todo a la vez.

—No lo entiendo.

—Verás, es como la gente que sueña con encontrar a un
genio y pedirle tres deseos. Pero nunca es lo que esperas,
porque a veces los deseos tienen consecuencias inesperadas.
Lo mismo pasa con la magia. No es posible observar la bola,
preguntarle todo cuanto queremos saber y ya está. Eso no
es tener un corazón puro, ni es nuestro destino. No somos
como los Guardianes de las Sombras, sino que la magia lo es
todo para nosotros, pero debemos usarla de forma respetuo-
sa; nosotros la honramos. No podemos observar las bolas de
cristal cada vez que nos asalta una pregunta, Kolia, o vivi-
ríamos permanentemente en ellas o en libros de hechizos,
en lugar de estar con nuestra familia.

—Pero... se trata de una pregunta importante, importante de verdad.

—Ésa es tu opinión.

—¡Sí es importante! —terció Isabella con pasión—. ¡Lo es, Teo! Los Guardianes de las Sombras intentaron matar a Nick, y nosotros vimos a esa cosa. Fue una cuestión de vida o muerte, Teo.

—Cada cual piensa que sus problemas son los más graves. Pero si abusamos del don, se volverá contra nosotros, porque lo utilizaremos cada vez más a menudo para consultar problemas cada vez menos serios. En esta ocasión quieres ver lo que hizo tu madre, pero tal vez mañana quieras saber dónde está el zapato que has perdido.

—No es así.

—Lo he comprobado otras veces.

—Pero ¿no puedo ver a mi madre? ¿No puedo saber lo que ocurrió?

—Me temo que no. La bola reconocería tus motivos, Nick; tienes que resolverlo sin ella.

—¿Y crees que por eso están aquí los Guardianes de las Sombras?

—Ahora que sé lo que está escrito en la llave, sí. El Reloj de Arena Eterno es una de nuestras reliquias más poderosas... pero se perdió. Y ellos lo quieren.

—¿Y nosotros no? —Nick desconfió—. Tenéis una sala acorazada llena de reliquias mágicas. ¿Eso no es como monopolizar toda la magia del mundo?

—Por supuesto que queremos ese reloj. Pero la llave te quema porque su lugar adecuado es estar con nosotros; nos está llamando. Te llama a ti, para ser exactos. Y ahora, centrémonos en nuestras clases y, concretamente, en cómo sustituir a *Sascha* por Isabella. Nos quedan menos de dos semanas.

—No puedo hacerlo.

—Claro que sí. Mi hermano tiene razón: si trasladas a un erizo, también trasladarás a un tigre.

Teo chasqueó los dedos y un erizo apareció sobre su escritorio, como si quisiera demostrar lo que decía. Volvió a chasquear y lo transformó en un ratón.

—Sí, hice desaparecer a mi erizo, aunque se pasó toda la noche perdido antes de que consiguiera que regresara. No logré hacerlo enseguida. ¿Y si pasa igual en el espectáculo? ¿Y si no me sale, y me quedo ahí con cara de idiota? Me tomarán por un payaso, y lo estropearé todo.

—Es posible.

—Vale, pongamos que las intercambio. ¿Y si Isabella se queda… no sé… atascada? ¿Entonces qué?

—Eso sería un desastre —contestó Teo, haciendo una mueca—. Será mejor que no lo permitamos.

—¡Un desastre! —Nick se levantó—. ¡Me presionas demasiado! Yo no quiero saber nada de desastres.

—Por eso necesitas practicar —señaló Teo.

—Por favor, Nick, practica —le pidió Isabella—. No me gustaría quedarme… atascada.

—Lo dejo. Dejo el espectáculo —determinó Nick, negando con la cabeza.

—Demasiado tarde; los pósteres ya están hechos.

—¿Los pósteres? ¿Todo esto porque ya habéis preparado unos estúpidos cartelitos?

Nick se dispuso a salir del aula a toda prisa, pero *Sascha* se le interpuso en el camino.

—¡Aparta, *Sascha*!

La tigresa lo miró fijamente, alzó una pata y, con ella, empujó al chico hacia atrás. Éste cayó sobre el escritorio y después trastabilló hasta dar en el suelo. Se puso en pie como pudo.

—Detente o te…

Notó esa sensación, cada vez más familiar, en la barriga. Cerró, pues, los ojos y visionó a Isabella y a *Sascha* intercambiándose. Cuando los abrió de nuevo, la chica se encontraba de pie frente a él, sonriendo.

—Prometo no empujarte —le dijo echándose a reír—. Y mira, mira. —Dio una vuelta sobre sí misma—. De una pieza y sin atascarme.

Estupendo, lo había conseguido. Pero ¿y delante de miles de personas? La idea le daba vértigo.

—Hazlo otra vez —le pidió Teo.

—No creo que pueda. —Nick se giró para mirar a su maestro—. Para mí no es fácil. ¿Por qué no lo entendéis? Yo no crecí con vosotros. Soy un extraño aquí, un extraño... No me es nada fácil.

—Nada que valga la pena es fácil, Nick.

—Es que no puedo.

Detrás de él, oyó la voz de Irina:

—Si piensas que no puedes, entonces no lo harás.

Al darse la vuelta, la vio de pie en el umbral, y se defendió:

—Pero es que no sé cómo hacerlo a propósito, sin ponerme furioso o sin sentir esa sensación en la barriga.

—Lo harás: es tu destino. Tu madre era capaz de mirar al tigre más feroz y reducirlo a un gatito de un vistazo. Tenía poder y tú, también.

Así pues, Nick miró a Isabella, cerró los ojos y, en lugar de ponerse furioso, se concentró en el zumbido que se le estaba produciendo en las tripas, y lo visualizó subiéndole por el cuerpo hasta las yemas de los dedos. Abrió los ojos, pero Isabella aún seguía allí, así que se fijó en ella de nuevo —mejor dicho, la observó interiormente—, y en un abrir y cerrar de ojos, notó el aliento a pescado de *Sascha* y observó los felinos ojos de la tigresa.

No fue consciente de cómo ocurría.

—¡Lo he conseguido! —Pasó los dedos por el pelaje de la tigresa, maravillado ante su abundancia. Y entonces sonrió a Irina—. ¡Lo he conseguido!

Sintió que el orgullo lo invadía, en especial en el mismo sitio donde percibía la magia. Y la alegría se le reflejó en la sonrisa.

—No dudes nunca, Kolia. Y ahora, ven.

—¿Adónde?

141

—La Gran Duquesa desea celebrar una audiencia privada contigo.

Nick se giró para interrogar con la mirada a Isabella, pero ella se encogió de hombros y, articulando sólo los labios, le dijo:

—Ni idea.

Salieron del aula, y el chico siguió a Irina por el pasillo. Cuando llegaron a una sala al fondo de aquella planta, se le encaró:

—Deja que te vea. Mmm… —Le atusó el pelo y le enderezó el cuello de la camisa—. Así está mejor. ¿Sabes una cosa? Nadie consigue una audiencia privada con ella. Nadie.

—¿Qué le digo? —preguntó, asustado.

—No digas nada y escucha. ¡Vamos, entra! —Llamó a la puerta.

—Adelante —fue la balbuciente respuesta.

Chasqueando los dedos, Irina abrió la maciza puerta, y él se asomó al interior de la sala. Estaba muy poco iluminada, pero distinguió a la Gran Duquesa sentada junto a la ventana.

—Pasa —le susurró Irina.

Notó que lo empujaba y oyó cómo la puerta se cerraba; y ahí estaba a solas con la anciana señora.

142

LOS GUARDIANES
DE LA MAGIA

LIBRO PRIMERO

CAPÍTULO

17

UNA LECCIÓN DE HISTORIA IMPERIAL

V EN Y SIÉNTATE, KOLIA —LE DIJO LA ANCIANA.
Indeciso, recorrió la densa moqueta, en la que se
le hundían los zapatos dejando una huella a su 143
paso. La habitación estaba repleta de antigüedades, como si
hubiera retrocedido en el tiempo. De las paredes colgaban
docenas de óleos, y las lámparas no eran eléctricas, sino que
contenían algún tipo de aceite o de gas; la luz parpadeante
que emitían danzaba por las paredes.

—¡Siéntate! —le ordenó ella. Él tomó asiento en una
silla tapizada de terciopelo de color burdeos, de patas y brazos delicadamente tallados—. ¿Te apetece un dulce? —le
preguntó y, acto seguido, le pasó un pesado cuenco de cristal
con caramelos.

Nick cogió uno, que ofrecía el aspecto de un regalo (incluido el lazo azul que lo adornaba), y se lo comió. Fue como
una explosión de arándanos frescos en la boca.

La Gran Duquesa se recostó en su silla de alto respaldo
y miró por el amplio ventanal, por entre unas cortinas de
terciopelo un poco corridas.

—Me gusta sentarme aquí y recordar, ¿sabes? Echo de menos la nieve. Echo de menos cómo olía el aire justo antes de una nevada, y el cielo blanco como el algodón. Echo de menos el hogar de cuando era niña. Todo esto —hizo un gesto con la mano abarcando la estancia— está diseñado para recrear mi hogar, pero no puedo recrear a mi familia ni recuperar mi niñez. Soy vieja, Kolia. Pero me gusta contemplar la nieve.

Nick nunca había visto nieve de verdad, pues llevaba toda la vida viviendo en Las Vegas. A veces, en los días muy calurosos, le apetecía imaginar que se mudaba a algún sitio donde nevaba. Estuvo a punto de preguntarle cosas a la Gran Duquesa acerca de la nieve y de su familia, pero recordó el consejo de Irina. Así que no dijo nada y aguardó.

—Todo el mundo me llama Gran Duquesa, pero en realidad soy Su Alteza Imperial. Una Gran Duquesa. Qué nombre tan impresionante para el bebé que fui al nacer. De pequeña, a mi padre solía preocuparle mucho esta responsabilidad tan extraordinaria, y ahora soy yo la que se preocupa; soy yo la que contempla la nieve. —Se le empañaron los ojos—. Nunca se lo he contado a nadie. Nunca he explicado la historia completa, no del todo.

Nick esperó con paciencia, pero ella no dijo nada más. Y al fin, preguntó:

—¿Qué es lo que no le ha contado a nadie, Gran Duquesa?

—Sobreviví gracias a él, mediante un hechizo.

—¿Gracias a quién?

—Al Guardián de las Sombras. —Escupió el nombre como una maldición—. Yo soy Anastasia, Kolia. ¿Conoces mi nombre? —El muchacho negó con la cabeza—. Soy la hija del último zar de Rusia. Toda mi familia fue asesinada y yo fui la única que sobreviví. Pero cómo y por qué, ésa es la cuestión, pequeño mío. Ésa es la cuestión.

Posó una de sus deformadas manos en las de Nick, y a consecuencia del contacto, él tuvo un destello, una visión: una instantánea en la que aparecía Rasputín sentado junto a una familia que lucía coronas y joyas; debían de ser Anastasia —la Gran Duquesa— y los suyos.

—Oh, al principio lo adorábamos. A mí me llamaba *Malenkaya*. ¿Sabes lo que significa, Kolia? —Él volvió a negar con la cabeza—. Significa «mi diablillo». —Sonrió—. Cuánto me reía con mi querida hermana María… Realmente, era un diablillo; el nombre me venía como un guante. María y yo éramos el Pequeño Dúo, y mis dos hermanas mayores eran el Gran Dúo. —Se rió con calma—. María y yo compartíamos dormitorio y bordábamos juntas, dando puntos muy pequeñitos, porque intentábamos imitar a nuestra madre. Era una filigrana. Yo aún procuro bordar, pero mis manos no siempre colaboran.

Al dar un vistazo a la estancia, Nick se dio cuenta de que había bordados enmarcados y colgados en las paredes, o bien adornando los cojines del sofá.

—María y yo nos queríamos mucho. Representábamos sencillas obras de teatro, ¿sabes?, obritas para hacer reír a papá. Estaba tan preocupado… Rusia vivía días agitados. Y entonces nació mi hermano pequeño; lo teníamos muy, muy mimado. —Sonrió una vez más, recostó la cabeza y cerró los ojos.

Nick aguardó, creyendo que se había quedado dormida, pero al poco rato los abrió otra vez.

—Muy mimado, sí. Él era el heredero, el chico. El que nació después de cuatro niñas. Iba a ser el próximo zar y todos lo malcriábamos. Pero estaba muy enfermo: si se caía, enseguida sangraba, y muchísimo. Como todo esto ocurría mucho antes de la medicina moderna, los médicos no podían hacer nada por él. Así que mis padres invitaron al monje, a Rasputín, a que viniera a palacio. Él rezaría por mi hermanito. Mi madre creyó que lo estaba curando. Pero yo

145

creo… creo que en realidad Rasputín estaba lanzando hechizos, Kolia.

Nick recordó el lado chamuscado del árbol genealógico. Intentó imaginarse su bola de cristal, para conseguir que ésta le permitiera ver dentro de su propia mente, y detectó los ojos del monje. Tuvo la sensación de que, en cierto modo, los estaba escuchando a escondidas en ese mismo momento. Nick percibió a Rasputín, como si no fuera posible escapar a su influjo.

—Yo quería al monje. ¡Oh, sí lo quería mucho…! Me hacía reír, sí señor. Y era amable y tierno. Me abrazaba y venía a vernos a María y a mí a la habitación de los niños, y nos contaba cuentos. Pero los tiempos se volvieron aún más extraños y peligrosos, de tal manera que nos arrestaron a toda la familia y nos llevaron a uno de nuestros palacios, que era igualito que éste, Kolia. Porque este hotel y casino es una réplica exacta de aquella mansión, hasta la vajilla en la que comemos es igual; no se ha descuidado ni un detalle, hijo. Y en ese palacio fuimos encarcelados, la familia imperial al completo.

Nick la miraba fijamente, temeroso de romper el ensueño de la Gran Duquesa. La anciana tenía los ojos de color azul claro y, cuando hablaba de su niñez, se le iluminaban y parecían bailar. Pero ahora estaban empañados.

—Sé que un palacio como éste no es una cárcel de verdad, pero papá sufría una presión terrible, y nunca sabíamos qué ocurriría al día siguiente. Multitudes furiosas exigían nuestra muerte, de modo que, una noche, el monje lanzó un hechizo de protección sobre mí.

Nick lo vio, en efecto, rezando sobre una niña, y cómo se formaba alrededor de ésta un anillo negro… Un hechizo de protección, sí, pero muy tenebroso.

—Yo era su favorita, aunque no lo sabía; no sabía lo que eso significaba. A mi familia entera, junto con nuestros más queridos sirvientes, los condujeron a una habitación, donde los asesinaron a todos. Lo hicieron los soldados.

Ante aquel recuerdo, la Gran Duquesa se cubrió el rostro con las manos y se echó a llorar, y los delicados hombros le temblaron. Nick no sabía qué hacer, pero lamentaba verla tan triste. Así que se levantó, se acercó a la silla de la anciana y le puso una mano en la espalda.

Cuando al fin ella levantó la mirada, tenía las mejillas surcadas de lágrimas. Abrió entonces una bolsita de terciopelo que llevaba colgando de una cadena de plata en la muñeca, y extrajo un delicado pañuelo de encaje. Se enjugó las lágrimas y murmuró:

—Durante años, no deseé vivir al faltarme mis hermanas, mi hermano y mis padres. Yo escapé, sí, pero a un altísimo precio. Me di cuenta de que él urdió un hechizo sobre mis padres; los cegó al mundo que quedaba más allá de las ventanas del palacio; los cegó a su propia traición, a su propia avaricia. Incluso nos robó los huevos imperiales, donde yo acostumbraba a esconder mis tesoros y joyas. Y sólo más tarde, cuando intenté comprender esos hechizos y lo que sucedió entonces, descubrí la auténtica naturaleza del monje.

—Es ese monje quien me está buscando, ¿verdad, Gran Duquesa?

—En efecto, Kolia.

—¿Cómo puede seguir vivo?

—Oh, intentaron matarlo, pero…

Nick vislumbró destellos de disparos y sintió un regusto amargo en la lengua… Sólo era una visión, pero muy real.

—¿Cómo sobrevivió?

—Ya conoces la respuesta: magia negra. Quisieron dispararle, envenenarlo, ahogarlo… Pero es indestructible. Su poder es demasiado grande… y ansía más todavía.

—Pero yo no tengo ningún poder. ¿Usted sabe qué es lo que quiere de mí? —Ella le contestó que no—. ¿Conocía usted a mi madre, Gran Duquesa?

—Por supuesto. Era hermosa y adorable.

—¿Y sabe por qué querría esconder algo? ¿O qué habría escondido?

—No, hijo. Pero sé que cuando dejó este lugar y se escondió del clan, lo hizo para asegurarse de que estuvieras a salvo. Me acuerdo de cuando estaba embarazada de ti.

Nick negó con la cabeza. La duquesa debía de estar confundida: su madre abandonó el clan mucho antes de que se le notara que esperaba un bebé.

—En cualquier caso, no sé qué quieren exactamente los Guardianes de las Sombras. Sólo sé que están hambrientos de poder. Por eso miro la nieve y me preocupo; puede que me parezca mucho a mi padre, a fin de cuentas. Y me preocupo por ti, Kolia, y por el clan que me ha cuidado todo este tiempo. Rasputín es muy poderoso y lleva mucho, muchísimo tiempo jugando con la magia negra.

—Pero la salvó a usted.

—Así es. Aunque creo que sólo lo hizo con la esperanza de casarse conmigo algún día y tener hijos, y así formar parte de la estirpe real. Te aseguro que no fue un acto de bondad, Kolia.

—A lo mejor es un incomprendido.

—No, Kolia, no. ¿Sabes?, antes de que nacieras, tu madre abandonó a la familia. Y al marcharse, me dijo que se aseguraría de que el monje nunca pusiera las manos en nada que lo convirtiera en un ser más poderoso. Era muy valiente, Kolia; no le tenía miedo. Creo que eso fue… su perdición.

—¿Usted aún lo teme? —La anciana asintió—. ¿Incluso viviendo con Damian y Teo y rodeada de la familia?

Volvió a asentir y se justificó:

—Lo he visto con mis propios ojos, Nikolai. Ten en cuenta que lo conocí y presencié lo que fue capaz de hacer: permitir que mi familia muriese asesinada a sangre fría. Ten cuidado, hijo. Y hasta que no averigües qué abre esa llave, la que llevas colgada del cuello y crees tan bien escondida, no la sueltes ni un momento. Ni un solo segundo. Tenla siempre cerca.

—Lo haré, Gran Duquesa.

—Me recuerdas a mi hermano pequeño si hubiera vivido. Ten cuidado, Kolia; no podría soportar la pérdida de otro ser querido.

Él asintió, pero no supo si hacer una reverencia o darle un abrazo. Empezó por inclinarse, pero ella le cogió una mano y lo atrajo hacia sí para abrazarlo muy fuerte.

—Y ahora vete: debes practicar para actuar en el espectáculo. La noche del estreno, yo estaré en el palco, aplaudiendo.

Nick asintió de nuevo y se encaminó hacia la puerta. Iba a decir adiós, pero vio que ella ya estaba perdida en las nieves de su infancia, mirando por la ventana y recordando a su familia.

ALGUNAS PREGUNTAS HAN DE QUEDAR SIN RESPUESTA

AL DÍA SIGUIENTE, BORIS TRATÓ DE ENSEÑARLE A NICK cómo controlar el fuego.

—El fuego es un elemento, y desde los antiguos egipcios, los magos han sido capaces de controlarlo. Simplemente debes permitir que te surja de las yemas de los dedos.

Hizo un gesto con la mano y unas llamas enormes le surgieron de los dedos hasta la pared de enfrente.

—Cuando empiezas, te limitas a coger una bola de fuego y jugar con ella.

Juntó las manos, las ahuecó y después las separó, y Nick vio una bola azul de llamas, del tamaño de un balón de béisbol, bailando a medio centímetro de las palmas abiertas de Boris.

—Prueba.

—No quiero quemarme.

—No te quemarás. Prueba —insistió.

Nick intentó imaginarse unas llamas y conjurarlas desde ese punto concreto de su vientre, el mismo lugar desde el que controlaba la espada. Abrió los ojos y, sobre las manos, vio una llamita, más pequeña que la de una cerilla.

—Una llamita para un hombrecito. ¡Ja, ja! —Se rió el mago, y Nick lo miró con mala cara—. ¿Qué te parece? —le preguntó su entrenador de lucha. —Nick no le contestó—. ¡Habla claro, hombrecito! —La expresión de Boris era amenazante.

—Vale —soltó el chico—. Oye, ¿cómo te hiciste esa cicatriz?

—¿Por qué? ¿Qué importa mi cicatriz? —replicó el mago, poniéndose rojo como un tomate.

Nick tuvo ganas de decir: «Porque no sé si eres de los buenos o no». Pero en cambio, razonó:

—Porque no serás muy buen entrenador de lucha si te hicieron eso en la cara.

No estuvo muy acertado con el comentario, pues nada más pronunciar esas palabras, se arrepintió.

Boris gruñó, se dio la vuelta y disparó llamas al techo. Acto seguido agitó los brazos, y unas espadas se enfrentaron en el aire, soltando chispas que volaron para sumarse a las llamas; envió las espadas de vuelta a las paredes y, haciendo un movimiento circular con los brazos, convirtió el fuego en un torbellino que giró a toda velocidad como un tornado, y a Nick le dio la sensación de que se le quemaban las mejillas a causa del calor. Le dolía el pecho al respirar, pues el aire de la sala ardía.

—¡Basta! —gritó—. ¡Páralo!

—¿Ya has comprobado qué clase de entrenador soy? —bramó Boris—. ¡Ja, ja!

Agitó una vez más los brazos y el tornado de fuego se elevó del suelo y tocó el techo, se desplegó en abanico hasta prenderlo, y después se deslizó por las paredes, aunque dejando las espadas intactas; se fue incrementando a medida que se arrastraba por el suelo, y Boris y Nick quedaron dentro de la única parte sin quemar; las llamas ya no avanzaban, respetando una especie de círculo de protección trazado por el mago.

—¡Lo siento! —chilló Nick.

Entonces Boris bajó los brazos y les dijo unas palabras a las llamas, que desaparecieron. La sala volvió a la normalidad y a la misma temperatura que estaba minutos antes. Las paredes estaban en perfecto estado y el suelo ni siquiera parecía chamuscado.

—Lo siento —repitió Nick, más calmado.

—Los Guardianes de las Sombras me hicieron esta cicatriz mientras defendía a alguien.

—¿A quién?

—No es asunto tuyo. Pero ellos eran diez, y para defenderla sólo estaba yo. Salí victorioso, pero perdí el ojo en la lucha.

Boris se levantó el parche despacio. Nick intentó que no le afectara, pero no pudo evitar dar un paso atrás al ver que en donde tendría que haber estado el ojo de Boris, sólo había una cicatriz con forma de estrella.

—Discúlpame.

—Valió la pena para defenderla.

A Nick se le produjo un destello y vio a su madre. No fue más que una imagen aislada que duró un segundo, como una fotografía que cayera al suelo sin poder situarla en ningún contexto.

—¿Qué son los Guardianes de las Sombras? Me refiero a qué son de verdad.

En el instante de formular esa pregunta, sintió como si alguien le diera un puñetazo en el pecho con toda la fuerza posible. Cayó al suelo jadeando y a punto estuvo de vomitar. Cuando cerró los ojos, tuvo una visión.

Boris se arrodilló junto a él y, dándole unas palmadas en la espalda, le recomendó:

—Vale más no mencionarlos. —Giró la cabeza y escupió tres veces por encima del hombro.

Nick se esforzaba por respirar, aunque sólo lo conseguía de forma entrecortada. Y las visiones continuaban allí: seres que perdían el aspecto humano, cuyos rostros se volvían negros y de cuyas espaldas brotaban alas coriáceas.

Los olió. Era ese hedor asqueroso que se impregnaba en las fosas nasales y en la ropa. Le parecía que los tenía cerca, ahí mismo. Arañó el aire, como si luchara contra ellos.

Al fin, meneó la cabeza y procuró pensar en monopatines y en su antigua vida. Las imágenes no llegaban, pero los Guardianes de las Sombras acabaron retirándose.

—¿Eran personas? —preguntó Nick—. Di, ¿lo eran?

—Sí, así es. Abandonaron su rango mágico y a su estirpe por falsas promesas de poder y fueron esclavizados por Rasputín. —De nuevo escupió tres veces por encima del hombro—. Ya basta: hablemos de cosas buenas.

Ayudó a Nick a levantarse, pero éste se sentía débil y las sienes le daban punzadas. Ni todas las cosas buenas del mundo le harían olvidar nunca lo que había visto.

EL ÚLTIMO TRUCO DE HOUDINI

IGUE LA PISTA DEL RELOJ DE ARENA ETERNO». ÉSTE fue el consejo de Rasputín. Después de ver y sentir a los Guardianes de las Sombras mientras entrenaba con Boris, Nick se saltó la cena.

No tenía nada de apetito; era como si esas criaturas no se apartaran de él, y la sensación le recordó cuando, en otras ocasiones, se daba cuenta de que se estaba poniendo enfermo o pillando algo; era como un decaimiento, una especie de cansancio.

A solas en su habitación, observó la bola de cristal. No deseaba seguir la pista del reloj de arena, pero estaba seguro de que nunca averiguaría el secreto de la llave si no lo hacía.

Contemplando a *Vladimir*, le dijo:

—Creo que tengo que observar. Perdona.

El erizo corrió hacia un rincón de su jaula dorada y se enterró bajo la suave hierba ocultando, incluso, los ojillos.

A regañadientes, Nick puso las manos sobre la bola y buscó en el claro cristal las claves que lo conducirían hasta el reloj.

Hospital Grace, Detroit, 31 de octubre de 1926

Harry Houdini yacía al borde de la muerte, muy pálido y con las sienes perladas de sudor. Junto a él había un doctor hablando con una enfermera, vestida con un uniforme blanco almidonado.

—Apéndice reventado... una lástima. Y en Halloween, precisamente. Desde luego, es extraño. Seguiremos intentando bajarle la fiebre, pero es muy peligroso.

Ella asintió, apuntó algo en una libreta y salió de la habitación con el doctor.

De pronto la estancia se llenó de un humo negro que cubrió las baldosas de linóleo... y apareció Rasputín, quien se inclinó sobre la cama de Houdini, de relucientes barandillas plateadas.

—Deberías haberte conformado con el ilusionismo, señor Houdini, y no coquetear con la magia de verdad.

Houdini, febril y delirante, abrió los ojos.

—Tú... —consiguió murmurar.

—Sí, yo. —Rasputín sonrió—. Y ahora dime dónde guarda tu esposa el Reloj de Arena Eterno.

Houdini musitó la palabra «Nunca» respirando con un gran esfuerzo.

Rasputín lo tocó, y el mago gritó de dolor.

—Si me dices dónde está, levantaré el hechizo y te curarás. Al parecer, tienes apendicitis, pero tocarte el abdomen puede dar un resultado mágico muy potente: te mataría de una forma lenta y muy dolorosa. A menos que me digas lo que quiero saber. —Houdini negó con la cabeza—. También cabe la posibilidad de que se lo pregunte directamente a tu querida Bess, para que se haga una idea de qué es la magia de verdad.

El terror inundó la mirada de Houdini, quien hizo un gesto para acercarse a Rasputín y le susurró algo al oído.

Rasputín se irguió y sonrió.

155

—¡Magnífico!

Se alejó de la cama. Houdini movió la cabeza de un lado a otro y gimió. Rasputín levantó un dedo y exclamó:

—¿Cuándo aprenderán los mortales? —Y al hacer un gesto, Houdini dio un grito ahogado y él desapareció.

Harry Houdini murió a las 13.30 de la tarde, en la habitación 401.

UN PACTO ACORDADO

LOS DÍAS SIGUIENTES TRANSCURRIERON ENTRE UN MONtón de ensayos hasta que Nick quedó agotado. La noche anterior al estreno, mientras intentaba dormir un poco, oyó que alguien llamaba con desesperación a su puerta.

Al abrir, vio que se trataba de Teo, Damian e Irina.

—¿Qué pasa?

—Acompáñanos —le pidió Damian.

—¿De qué va esto?

Pero Damian ya se alejaba por el pasillo. Condujeron a Nick a la sala de seguridad, donde en la pantalla de cada uno de los monitores, puestos en fila, aparecía la imagen estática del hombre más aterrador que hubiera visto nunca. Llevaba la barba descuidada e iba vestido de negro, pero lo que en realidad le provocó un estremecimiento fue la expresión de los ojos: una mirada muerta, fría, tan fría que era inimaginable; los ojos de la muerte, del diablo, del crimen… Era Rasputín, el hombre al que él había visto en la bola de cristal.

—¡Este hombre está aquí! —exclamó Damian. Tocó la pantalla—. Está aquí y guía a los Guardianes de las Sombras.

—Está aquí por mí —reconoció Nick con gravedad.

—Bien, pero mira. —Teo pulsó unos botones y rebobinó las cintas de seguridad. Las imágenes retrocedieron, hasta que Teo encontró el punto exacto de la cinta que quería enseñarle a Nick—. ¡Aquí está!

El chico se acercó a las pantallas. Ahí estaba, en las manos del hombre...

—¿El Reloj de Arena Eterno? —preguntó.

—En efecto —asintió Irina y, dirigiéndose al jefe de seguridad, le pidió—: Amplíe el reloj... Quiero un primerísimo plano.

Se pulsaron más botones y se vio con claridad: el reloj de arena con la inscripción en letras cirílicas en la parte superior. Nick no les contó que él ya sabía que Rasputín tenía ese reloj, pero se tocó la llave, que se le estaba calentando sobre el pecho.

—Está aquí y tiene el reloj de arena —repitió Damian—. Lo tiene él. Y eso nos conducirá a la destrucción.

—No podemos representar el espectáculo mañana por la noche —señaló Nick—. Sería una locura. —Inexpresivo, Damian no se alteró. Así que el chico se volvió hacia Teo y le espetó—. ¡Vamos, Teo!, tú no serás partidario de que debamos seguir adelante, ¿no? ¿Y si planea algo? ¿Y si intenta matarme... o matar a la Gran Duquesa?

—No está en mis manos, Kolia. No está en mis manos —murmuró Teo e hizo un gesto como si se las lavara.

—¡No hablarás en serio! ¿Por qué le haces caso a Damian? ¿Por qué está él al mando? No escucha a nadie; lo único que le importa es aparecer en primer plano en pósteres de dos pisos de alto. Lo único que quiere es ser famoso y le da igual si alguien sale herido.

—¡Calla, Nick! No es así —intervino Irina, cogiéndolo del brazo.

Él se liberó y, apartándose de ella, chilló:

—Sí que lo es. No hace ningún caso. ¡Es un puñetero arrogante que acabará matándonos a todos!

Dicho esto, se abrió paso entre Irina, Damian y Teo y se fue corriendo a su habitación. Ordenó a la puerta que se abriera y la cerró con llave. Le daba lo mismo lo que deseara Damian; él no pensaba aparecer en el estúpido espectáculo del día siguiente. Se escaparía, regresaría al Pendragon y se reuniría con su abuelo y con su padre. Se olvidaría del espectáculo y de esa familia de locos, así como de su espantosa comida.

Patinaría y estudiaría más para sacar un notable en mates el próximo curso; seguro que sería más fácil que estudiar ruso. Jugaría con sus videojuegos y todo sería como si nunca hubiera poseído una bola de cristal, ni tenido visiones, ni montado un akhal-teké.

Pero, mientras pensaba en todo esto, era consciente de que no lo podría realizar, no podría dejar esta vida. Aquel hombre —el monje enloquecido, el líder de los Guardianes de las Sombras— lo encontraría, pondría a su padre y al abuelo en peligro, conseguiría que enfermaran y los mataría igual que hizo con Harry Houdini.

Así que, para no comprometerlos, se escaparía y viviría por su cuenta. Pero esa idea también lo asustaba porque sin dinero ¿de qué viviría, o hasta dónde llegaría él solo? Entonces miró a su alrededor: ahí estaban las cosas de su madre. La primera noche que durmió allí, le dijeron que todo lo que había en el cuarto era de ella; había sido su habitación hasta que se marchó. Era la herencia de Nick.

Se aproximó a la cómoda y cogió el peine y el cepillo de cabello de su madre; eran de plata y pesaban. Debían de tener algún valor. Entonces echó un vistazo a las estanterías. ¡Los huevos! ¡Los huevos incrustados de joyas! Las esmeraldas y el oro relucían; seguro que valían una fortuna.

Caray, podría llegar hasta Belice si los vendía. Así escaparía y nadie lo encontraría jamás.

Pero a todo esto, lo invadió un escalofrío gélido que le recorrió el cuerpo, a pesar de que la llave le quemaba más que nunca, mientras las palabras de la Gran Duquesa le retumbaban en la mente:

«Incluso nos robó los huevos imperiales, donde yo acostumbraba a esconder mis tesoros y joyas.»

—¡Claro, los huevos!

Corrió al estante donde había cuatro de ellos. A la familia de la Gran Duquesa le habían elaborado a propósito esa clase de huevos, unos objetos raros y preciosos, donde escondían cosas. Nick se quitó la llave del cuello.

Los cuatro huevos que había en su habitación disponían de unas cerraduras pequeñas en las que su llave no encajaba. Pero él estaba al corriente de la existencia de otro huevo: el más grande, el más magnífico de todos, incrustado en oro y joyas y recubierto con un precioso esmalte de color azul cobalto, cuya cerradura también era más grande. Era el que se hallaba en la sala acorazada.

Entraría allí, abriría el huevo y se llevaría lo que hubiera dentro. Se tocó la llave y la notó más caliente y vibrante que nunca, palpitando al ritmo de su propio corazón. Había acertado: sea lo que fuera lo que ambicionara Rasputín, estaba en aquel huevo guardado en la sala acorazada. Y él era el heredero legítimo de ese huevo, así que no se trataría exactamente de un robo.

Se dirigió entonces a la bola de cristal, y susurró:

—Rasputín. ¡Rasputín!

La tocó, pero no ocurrió nada.

«Un corazón puro. Un corazón puro.»

—Oye —le dijo a la bola—, no estoy actuando así por mí, sino que lo hago por mi familia; no quiero que les hagan daño. Lo que él desea se lo quitó mi madre, lo sé. Así que necesito hacer un trato con él.

Respiró hondo varias veces, y la bola se puso brumosa.

—¡Eh, Nick!

—¿Serguei, eres tú? —preguntó—. Sal de aquí enseguida. ¡Hoy no puede ser!

—No, no, escúchame: he encontrado una llama que baila claqué. Hay que verlo para creerlo. Le estoy enseñando la *Barynya*.

—¿Y eso qué es?

—Un baile popular ruso. A tu familia le encantará, y además, es barata. Vamos, Nikolai, hazme este favor; habla con Damian.

Nick apretó los dientes y contestó:

—Serguei, te he dicho que ahora no. Vuelve en un par de días. —Y añadió, por lo bajo—: Si sobrevivo.

—Bueno. Pero una llama así no me durará mucho.

Serguei desapareció y la bola se quedó negra, de un negro aceitoso. Nick tenía el total convencimiento de que Rasputín estaba cerca.

—¿Me llamabas? —El rostro del monje apareció dentro de la esfera—. ¿Tienes lo que estoy buscando?

—Lo tendré mañana por la noche, después del espectáculo.

—¿Dónde quedamos?

—No tan deprisa. Quiero llegar a un acuerdo contigo.

—¿Qué clase de acuerdo? Creía que te unirías a mí y dejarías a esa gente, cargada de normas y supersticiones de campesinos rusos.

—Me uniré a ti… a condición de que los dejes tranquilos para siempre.

El monje guardó silencio y, sonriendo, dijo:

—Trato hecho. Siempre que tú tengas lo que busco.

—Entonces quedamos en el desierto.

—Te encontraré.

—Recuerda nuestro pacto.

—Por supuesto. Yo siempre cumplo mis pactos.

La bola de cristal se oscureció y Nick contempló de nuevo su fría claridad. Sabía que Rasputín era un mentiroso, pero no tenía elección. Sólo esperaba que aquella aventura tuviera un buen final.

LOS GUARDIANES
DE LA MAGIA
LIBRO PRIMERO
CAPÍTULO
21

LA ELECCIÓN DE UNA MADRE

NICK SE PASÓ LA NOCHE ELABORANDO SU PLAN, del que no le habló a nadie, ni siquiera a Isabella. Al día siguiente desayunó con la familia, pero

notaba el estómago revuelto. Había decidido hacer frente a los Guardianes de las Sombras, cosa que en sí ya era bastante terrorífica. Pero antes debía actuar ante miles de personas esa misma noche. Siendo sincero consigo mismo, no sabía qué lo asustaba más. A ratos creía que lo atemorizaba la actuación, pero por otra parte estaba el asuntillo de irrumpir en la sala acorazada, robar el huevo que perteneció a su madre y encontrarse con el monje que había introducido el mal en el casino.

Damian le ordenó que «descansara» antes de la función. ¿Cómo iba a conseguirlo? Se fue a su cuarto y acabó dando vueltas sin parar de aquí para allá. Sacó su monopatín de debajo de la cama, donde lo tenía escondido, y se deslizó por el dormitorio. Si todo iba bien, a lo mejor hasta podía volver a ser un chico normal. Cuando sólo faltaban un par de horas para el espectáculo, oyó que llamaban a la puerta. Abrió y se encontró con Teo.

163

—¿Puedo entrar?

Nick asintió, y Teo entró y depositó una bola de cristal encima de la cama.

—¿Qué haces? Yo ya tengo una bola.

—Mira —le ordenó Teo—. Ésta me pertenece a mí; es muy poderosa.

—No te entiendo.

—Mira… y lo entenderás.

Nick respiró hondo y observó la bola. Al principio no vio nada, pero luego se fue dibujando la silueta de una mujer. Era su madre.

Teo y Damian también se hallaban con ella. Damian se inclinaba sobre un bebé.

—¿Soy yo? —murmuró Nick.

—Sí.

El chico exhaló asombrado y contempló cómo se desarrollaba la escena.

—Ya te he dicho que no regresaré. Ni ahora ni nunca. —La madre de Nick se cruzó de brazos; el bello y lustroso cabello le llegaba hasta la cintura—. No pienso irme de aquí.

—Está claro, querida prima, que no serás feliz habiéndote casado con un humano. Un mortal que, además, es un ilusionista malísimo —sentenció Damian. Se estremeció de forma exagerada, como si quisiera librarse de la horrible imagen que tenía en mente.

Ella cogió en brazos al regordete bebé y le ofreció un sonajero de plata. El niño hizo ruiditos y rio.

—Aquí soy muy feliz, Damian. Amo a mi marido.

—¿Cómo es posible?

—Porque por una vez en la vida no se trata de la familia, ni del clan, ni de la magia, ni de los Guardianes de las Sombras ni de la batalla, sino que se trata de mí, de mi marido y de este bebé. Es mi propia vida.

—Pero este niño tiene un destino, Tatiana, que ni siquiera tú tienes derecho a negar.

—¡No, no lo permitiré! —Dio un pisotón en el suelo—. Crecerá lejos de vosotros y de vuestra influencia; lejos de la Gran Duquesa y de la profecía.

Teo se interpuso entre Tatiana y Damian, y se arrodilló delante de ella.

—No lo entiendes, cariño.

—¿El qué?

—Que no puedes huir de una profecía. Está escrito y significa que ya se ha cumplido, sea lo que sea. No tienes derecho a esconder a un príncipe e impedir que lo sea, como tampoco puedes coger una lámpara, ocultarla bajo una gruesa manta de terciopelo y lograr que no alumbre, ni dejar de usar tus hechizos o no ser una Guardiana de la Magia. Lo serás, utilices tus poderes o no. Es como si un humano con sangre del tipo 0 decide que no quiere que esa sangre corra por sus venas: será así de todos modos.

—No, no. —A Tatiana le temblaron los labios—. No permitiré que os acerquéis. Quiero que os marchéis los dos. Ahora mismo.

—¡Muy bien! —soltó Damian.

Pero Teo no se levantó, y Damian, dirigiéndose a la puerta como un torbellino, le gritó:

—¡Teo, vamos!

—Enseguida voy.

—Estás perdiendo el tiempo. Es tozuda como una mula, igual que de pequeña. Te espero abajo. —Damian se fue dando un portazo.

—Permíteme que le lance un hechizo de protección. —Ella asintió, y él, tocando la frente del niño, murmuró—:

Oberezhnyj scheet predkov hranit menia. Oberezhnyj scheet predkov hranit menia. Oberezhnyj scheet predkov hranit menia.

—No regresaré, Teo.

—Estando aquí sola, no podremos protegerte.

—Me protegeré yo misma.

—¿Qué es esa llave que te cuelga del cuello?

Ella se cerró la blusa, se abrochó el botón de arriba y replicó:

—No es cosa tuya, Teo. Es mi póliza de seguros. Si me encuentran, haré un intercambio: la llave con tal de que dejen tranquilo a mi hijo.

—No seas ingenua. No se puede negociar con ellos; no son de fiar.

—Por favor, Teo. Vete ya. Quedándote aquí, me comprometes; sus espías están por todas partes.

—No nos han seguido; nos hemos asegurado de ello.

—Vete.

—Te quiero, Tatiana.

—Yo también, Teo —respondió ella con voz entrecortada-. Siempre has sido mi preferido, porque eres quien me ha protegido del bestia de tu hermano.

—Él se preocupa por ti y por el clan. Te quiere, como a todos nosotros.

—Sí, pero sobre todo se quiere a sí mismo.

Teo se levantó y la besó en la mejilla. Se entretuvo un segundo, le pellizcó cariñosamente la barbilla y dio media vuelta. Pero antes de irse, miró al niño y le acarició el suave y oscuro cabello.

—Es precioso. De veras.

—Así es. Lo siento, Teo.

—Yo también. Adiós —Y moviendo la cabeza con tristeza, cerró la puerta tras de sí.

Entonces Tatiana arrulló al bebé:

—*Oberezhnyj scheet predkov hranit menia. Oberezhnyj scheet predkov hranit menia. Oberezhnyj scheet predkov hranit menia.*

A continuación lo llevó al dormitorio y lo metió en una sencilla cuna de madera. A los pies de la cama había un baúl grande con cierre de metal. Lo abrió, y de él sacó el Reloj de Arena Eterno; hizo un gesto de pesar, le acarició el dorado borde, lo guardó de nuevo y cerró el baúl. Luego, inclinándose sobre la cuna, le dijo al bebé:

—Ay, pequeño Kolia, tu abuelo ganó el Reloj de Arena Eterno en una partida de póker, y yo ya le dije que sería un problema: llama demasiado la atención. Pero él nunca cambiará; siempre anda detrás de alguna reliquia. Pero ésta... ésta es demasiado peligrosa. Por ello, la destruiré para que todos estemos más seguros.

De pronto un humo oscuro se coló por debajo de la puerta; al principio no eran más que volutas, pero fueron en aumento hasta que se arrastraron por el suelo, como los dedos de un diablo, y formaron charcos semejantes a una marea negra.

Tatiana se irguió y gritó las palabras:

—*Oberezhnyj scheet predkov hranit menia!*

El humo se enroscó en torno a ella y al bebé. Tatiana tosió y chilló, y el bebé, asustado, se echó a llorar.

Y enseguida reinó la oscuridad.

167

Nick no quería que Teo lo viese llorar, así que tragó saliva para disimular.

—Yo la quería, Nick. Y nosotros los pusimos sobre su pista. Aun así, la habrían encontrado de cualquier modo, y sin el hechizo habría sido peor, pues tú no habrías sobrevivido. Debería habéroslo lanzado a ambos, aunque mi magia no era tan fuerte.

—¿Por qué me has enseñado esto, Teo?

—No sé qué estás planeando ni qué te pasa por la cabeza, pero es mejor estar con nosotros que irte por tu cuenta.

—¿De qué hablas?

—Debes contarme lo que tienes pensado.

—No tengo nada pensado.

—Lo noto. Tu llave ha sufrido un cambio y está vibrando.

—¿Y qué?

—Intuyo el significado: tú sabes qué abre, joven primo. Pero no cometas el mismo error que tu madre.

—¡Ella no cometió ningún error! —gritó Nick, furioso—. Tú lo cometiste y Damian también, tú mismo lo has dicho. Los subestimasteis, y pensasteis que nadie os seguía, pero es evidente que uno de ellos lo hizo. Vete de aquí, Teo.

—Confía en mí, Kolia. Dime qué es lo que abre esa llave. Dímelo, por favor. Te lo suplico.

—Vete. —Nick le dio la espalda—. Tengo que prepararme para el espectáculo.

UNA ROSA CON UN TONO DIFERENTE

ITUADO DEBAJO DE UN ARTILUGIO A MODO DE trampilla, Nick se subió a lomos de *Maslow* en la mayor oscuridad. Al chico le palpitaba el corazón como un tambor y se notaba el pulso; de vez en cuando, el caballo daba sacudidas o piafaba a causa de los nervios.

A todo esto, Nick oyó que la orquesta empezaba a tocar. Ésa era otra de las particularidades que había descubierto de sus parientes: aquellos que no hacían magia tocaban el violín, la balalaika o el piano; se trataba de unos músicos magníficos, y la orquesta del Casino-Palacio de Invierno era, según los críticos, una de las mejores del mundo. Otro detalle más notable aún era que, en esa orquesta, no tocaba ningún músico ajeno al clan, y los críticos se maravillaban de que en una misma familia se diera tanto talento.

Notó cómo penetraban en su interior las notas interpretadas por la orquesta y percibió los contundentes acordes de una canción popular rusa, que él conocía, aunque después tocarían una pieza del compositor favorito de Damian: Shostakóvich.

169

La trampilla se abrió poco a poco, y *Maslow* y él fueron elevados desde debajo del suelo. Nick sujetaba las riendas del animal, aunque las manos le sudaban, y el pelo, muy sudado también, se le pegaba a la nuca. Caballo y jinete emergieron por la trampilla, mientras el silencio se imponía entre el público; la orquesta dejó de tocar. En medio del silencio, un foco los iluminó y se reflejó en las pequeñas piedras preciosas que llevaba cosidas al traje y en las del arnés de color esmeralda y oro de *Maslow*. Además, Nick portaba su espada enfundada a un costado, y la empuñadura brillaba también bajo la luz.

La orquesta arremetió de nuevo, y la música fue alcanzando un *crescendo* que al chico le retumbaba en el vientre; aguardaba que le dieran la entrada: el redoble de timbales.

Cuando por fin sonó, le pareció que ese sonido era el de sus propias palpitaciones pero hundió sus talones en los flancos de *Maslow*. Éste saltó a la pasarela de metal, donde el ruido de los cascos rivalizó con el «bum-bum-bum» de los timbales.

—¡Arre! —gritó Nick, y el caballo cogió velocidad.

El chico notó literalmente que se alzaba de la silla, como si volara, mientras el cabello le ondeaba en torno al rostro; estaba aterrorizado pero excitado al mismo tiempo. Entonces distinguió, como una mancha, el banco de nieve —blanco, frío y reluciente— ante sí. Apretó los muslos contra *Maslow* y le pidió al caballo que saltara. Juntos volaron por encima del obstáculo, y el público chilló de placer y excitación. A continuación sobrevolaron los dos osos polares que gruñían.

Acto seguido, dos enormes tigres siberianos se alzaron sobre sus patas traseras y rugieron, y *Maslow* adoptó la misma postura; era como si los animales lucharan entre sí.

Nick saltó entonces del caballo, se deslizó sobre el hielo de color azul glacial y simuló clavarle la espada al primer tigre, sobre el que se colocó a horcajadas, mirando fijamente a la otra bestia, *Sascha,* que rugía con tal ferocidad, que al chico le retumbó la cintura y sintió un cosquilleo en el cuero cabelludo.

Hizo un gesto con la mano, elevando una silenciosa plegaria por que la actuación saliera bien, y al cabo de un instante la tigresa cayó al suelo. Nick bajó la mano como si quisiera tocar a *Sascha* y, en el lugar del animal, apareció Isabella, vistiendo un camisón blanco con cuello de piel. La ayudó a levantarse, y ambos hicieron una profunda reverencia, muy sonrientes.

En la sala se produjo una algarabía como él no había oído jamás; era tan potente que hasta los dientes le repiquetearon. La gente chillaba «¡Bravo!», y los gritos llegaban desde los asientos más lejanos.

—Saluda otra vez —le indicó Isabella sin dejar de sonreír y levantando los brazos—. ¡Lo has conseguido!

—¡Los dos lo hemos conseguido! —gritó él, aunque casi no se oía a sí mismo debido al estruendo.

De nuevo hicieron una profunda reverencia y después otra más. La gente de las tres primeras filas les lanzó rosas rojas, que aterrizaron a sus pies. Alguien le arrojó un ramo a Isabella, y ella lo recogió y olió las azucenas frescas, envueltas en celofán y atadas con un lazo gigante.

—Damian es un genio —gritó por encima del fragor—. ¡Somos lo más!

—Lo sé, lo sé —se rio Nick. Ni siquiera sacando un bien alto en el examen final de mates se habría sentido tan feliz.

Pero entonces la vio: una rosa negra que le fue a parar a los pies.

Nick alzó la vista, pero los focos eran tan intensos que lo cegaban. Al caer el telón, cogió la rosa negra y se la enseñó a Isabella.

—¡Están aquí!

La chica palideció de golpe y Nick observó que una mancha de aceite negro se extendía por el techo. De inmediato los envolvió un olor nauseabundo, y el chico comprobó cómo afloraba el miedo en el rostro de sus parientes. Fue en ese momento cuando, por primera vez, pensó que se trataba de «su familia».

—Vamos, Isabella.

—¿Adónde iremos?

El número de sombras aumentaba.

—¿Confías en mí? —le preguntó. Ella lo miró a los ojos y asintió—. Pues entonces, vamos. Sé lo que quieren.

La agarró de la mano, y salieron de aquel caos por el pasadizo subterráneo que había bajo el teatro; se encaminaron hacia el ascensor —el que carecía de botones—, que conducía a la sala acorazada.

—Isabella, los Guardianes de las Sombras no descansarán hasta que les consiga lo que buscan.

—¿Y qué es?

—No estoy seguro. Pero sí sé que tiene que ver con esta llave y con un huevo Fabergé que hay en esa sala de la familia. Entenderé que no quieras ayudarme a entrar, pero lo haré por encima de todo.

—Pero ¿estás loco? Sí, sí lo estás. Mi primo ha perdido oficialmente la cabeza.

—No es verdad. Por favor, Isabella: entre tu magia y la mía, lo conseguiremos.

—Muy bien, muy bien; espero que sepas lo que estás haciendo, porque Damian nos va a matar.

—Si los Guardianes de las Sombras no lo hacen primero.

Las puertas del ascensor se abrieron y dentro encontraron al oso pardo. Al ver que gruñía, Isabella levantó la mano.

—Silencio. ¡Obedece!

El oso retrocedió, ellos se metieron en el ascensor y las puertas se cerraron produciendo un zumbido. Al instante se precipitaron bajo tierra, directos hacia la sala acorazada. Al abrirse de nuevo las puertas, se hallaron en la zona en la que, a instancias de Teo, Nick atravesó la pared.

—Me parece que no poseo el suficiente poder para crear una abertura como hizo Teo —señaló Nick—. Tendremos que superar las trampas.

Así que echaron a correr hasta la puerta de la sala acorazada.

—Estás loco —dijo Isabella—. Damian en persona diseñó esas trampas; es el único capaz de traspasarlas.

—Lo que debemos hacer es seguir su mismo razonamiento lógico.

—Vayamos a buscarlo —propuso la chica—; seguro que nos ayuda. Si lo que dices es cierto, lo hará.

—¡Ni hablar! No hay alternativa.

Ella suspiró resignada y, accediendo, le indicó:

—Vale, empecemos por este cerrojo. —Nick lo observó: era un candado de combinación como el de su taquilla del colegio, pero a base de letras en vez de números, y las letras estaban en cirílico—. A ver, si tú fueras Damian, ¿qué código utilizarías? —le preguntó Isabella—. Ambos contemplaron el cerrojo, y ella, sonriendo, le indicó—: Anastasia. —Giró las distintas letras hasta obtener el nombre de pila de la Gran Duquesa—. Siente devoción por ella, ¿sabes?

—No creía que sintiera devoción por nadie.

—Pues sí. Toman juntos el té todos los días. —Desplazó el candado hasta que oyeron un clic—. ¡Ya está!

La puerta se abrió de golpe y, al momento, les salieron al paso dos tigres más grandes que *Sascha*. Isabella les dio una orden en ruso, pero eso no los detuvo, sino que no cesaron de gruñir ni de dar dentelladas al aire dejando a la vista los relucientes colmillos. Estaban tan cerca que las gotas de saliva les caían al lado de los zapatos de Nick, formando un pequeño charco.

Isabella repitió la orden.

—¿Por qué no se detienen?

—No lo sé. —Después de titubear un momento, exclamó—: ¡Espera! —Pronunció una nueva orden, y esta vez retrocedieron.

—¿Qué ha pasado?

—El idioma ruso cambia a lo largo de la historia; Damian nunca usaría el ruso moderno. Si fue él quien lanzó el hechizo, tuvo que hacerlo de una forma más complicada y utilizar órdenes de la época de la Gran Duquesa.

—Qué bien que aprobaras todos los exámenes de lengua de Teo.

—Eso se debe a que no me hago la cama los días de examen.

—No, es porque eres mucho mejor que yo en lengua.

Cuando cruzaron la habitación, los tigres ya ronroneaban como gatitos. Al fondo había otra puerta, con un picaporte normal y corriente. Nick lo accionó y la puerta se abrió sin dificultad, mostrando otra habitación de suelo de mármol oscuro.

Cuando Isabella ya se disponía a atravesar el umbral, Nick se lo impidió.

—¡Cuidado!

—¿Qué pasa?

—Hay algo que no me cuadra. Con Damian nunca se sabe; si hay un camino fácil y otro complicado, él siempre elige el complicado. La propia Irina lo dijo. Y llegar hasta aquí ha sido muy fácil; demasiado.

Mirándose el traje que había llevado en la actuación, le arrancó un botón y lo arrojó al suelo. En lugar de aterrizar en éste, el botón lo atravesó, y transcurrieron dos o tres segundos hasta que se oyó un débil «ping» al caer en algún punto lejano.

—Vaya, el tío es bueno —comentó Isabella.

—Hay demasiada distancia para cruzar saltando. —Nick contemplaba el fondo de la siguiente sala—. ¿Y ahora qué?

—¿Qué tal se te da la levitación?

—No muy bien. Estoy empezando…

—Pues es nuestra única baza.

Nick se asustó. Teo le había explicado que la levitación era un acto de fe, de lucidez. En total, no lo había realizado más que en tres ocasiones, y cada vez sólo había aguantado unos segundos. Pero se concentró, respiró hondo, le dio la mano a Isabella y dio un paso adelante. Sería un acto de confianza.

Los dos primos flotaron en el aire, y a Nick le dio la sensación de caminar por el viento. Ambos planeaban sobre el suelo de mármol y, cuando él miró hacia abajo, vio como si éste se hiciera a un lado y el abismo se abriera bajo ellos.

—No mires abajo —le advirtió Isabella—. Concéntrate.

Llegaron a la siguiente puerta, que también se abrió con facilidad. Otra habitación vacía. Nick observó el suelo y le pareció sólido, así que lo pisaron sin miedo. Pero en cuanto lo hicieron, él se fijó en las paredes: estaban cubiertas de arañas, unas arañas grandes, gordas y peludas.

175

—Venga, vayamos deprisa.

—Oye, Nick…

—¿Qué?

—Mira arriba.

En lo alto había una araña madre de unos dos metros de diámetro.

—Me siento como una mosca —murmuró él.

—¿Qué hacemos?

Recordando la habilidad de Boris para crear fuego, Nick conjuró una bola de llamas para que le apareciera entre las manos, aunque le salió pequeña.

—Espero que dispongas de algo mejor… ¡Dime que sí!

La araña madre les arrojó una telaraña, y el chico le lanzó la bola de fuego. El animal retrocedió, chillando. Pero entonces las crías, que eran todas del tamaño del puño de Nick, se dirigieron hacia ellos, y él le pidió a Isabella:

—Lanza un hechizo de protección a nuestro alrededor que forme un círculo. Yo me encargaré del fuego.

Ella pronunció unas palabras, mientras Nick se concentraba en el fuego. Al cabo de un momento, éste revoloteaba alrededor, pequeño al principio, pero cada vez mayor. El chico creó a continuación un tornado de llamas azules y de color púrpura y anaranjado mientras ellos dos permanecían en el centro, a salvo.

Avanzaron despacio, oliendo a carne de araña chamuscada, una peste muy parecida a la que, los lunes en la escuela, desprendía el «enigma de carne». Cuando llegaron a la puerta, Nick manipuló el picaporte. ¡Giraba! Abrió la puerta y por fin se hallaron en la sala acorazada.

LOS GUARDIANES
DE LA MAGIA
LIBRO PRIMERO
CAPÍTULO
23

LA LLAVE Y EL HUEVO

I SABELLA ADMIRÓ LAS RELIQUIAS Y CUESTIONÓ:
—¿Tienes idea de lo poderosas que son todas estas
cosas?

—Sí, supongo que sí…

—Nick, ¿de verdad crees que puedes negociar con ellos?

—Creo que es mi única oportunidad; nuestra única
oportunidad.

Se detuvo ante la caja de cristal que contenía el huevo
perteneciente a su madre. Se concentró en él, tocó el cristal
y, descubriendo que tenía la facultad de atravesarlo con las
manos, acarició el objeto. En cuanto lo rozó con los dedos,
vio a Boris y cómo éste protegía a su madre y el huevo. Fue
sólo una visión instantánea, pero comprendió que Boris estaba relacionado de algún modo con ese huevo.

Nick lo sacó de la caja y, mientras tanto, las vibraciones
de la llave producían un sonido muy agudo. La cogió y la
metió en la cerradura que había en el centro del huevo. Se
oyó un clic. Fue entonces cuando el objeto empezó a repro-
ducir una canción, cuyas notas sonaban como las de un

arpa. El chico abrió la cerradura y levantó la parte superior del huevo.

Por dentro estaba forrado de espejo y, en el centro, reposaba un cojín de terciopelo azul, sobre el cual había una bolsita, del mismo color y tejido, luciendo el bordado del emblema de la familia.

—Mira, Nick —susurró Isabella.

Con el corazón palpitándole a cien por hora, el chico levantó la bolsita, la abrió y miró dentro, esperando encontrar diamantes o rubíes o joyas familiares.

Pero en su lugar, halló arena; una arena con partículas de oro, eso sí, pero arena al fin y al cabo. A Nick le extrañó mucho y trató de imaginar qué había hecho su madre, cuál era su secreto y por qué los Guardianes de las Sombras se tomaban tantas molestias por ese montón de arena. Recordó entonces la inscripción de la llave: *Techenie reki i vremeni ne ostanovit*, y repitió su significado una y otra vez: «El tiempo no se detiene para nadie. El tiempo no se detiene para nadie. El tiempo no se detiene para nadie».

El Reloj de Arena Eterno detenía el tiempo. Harry Houdini quiso poseerlo para detener el tiempo y librarse de sus ataduras. Pero un Guardián de las Sombras podía hacer cualquier cosa mientras el tiempo estuviera detenido: matar a una persona mientras ésta permanecía inmóvil, o robar o estafar. Sin embargo, los Guardianes de las Sombras ya tenían el reloj de arena dorada.

A no ser que…

Nick contempló la arena. Se acercó a un haz de luz que iluminaba la caja y volvió a observar con detenimiento el interior de la bolsita de terciopelo: la arena brillaba, refulgía y desprendía un calor semejante al de la llave. Era arena mágica.

¿Y si su madre había robado un poco de arena del Reloj de Arena Eterno? ¿Y si el reloj en cuestión ya no funcionaba?

Rasputín no buscaba el reloj porque ya lo tenía; tampoco buscaba la llave de Nick porque no le interesaban los huevos imperiales ni las joyas. Pero quería esa arena robada. Sin ella, el reloj no funcionaba, y Rasputín y los Guardianes de las Sombras no tenían la posibilidad de detener el tiempo. Sin ella, la reliquia estaba incompleta.

INCREÍBLE

ALIR DE LA SALA ACORAZADA FUE MUCHO MÁS FÁCIL
que entrar en ella: Nick e Isabella echaron a co-
rer, sencillamente. Cogieron el ascensor, subieron al vestíbulo, lo cruzaron a toda prisa y salieron por la
puerta principal, mientras los turistas los contemplaban,
asombrándose al ver cómo iban vestidos.

—¡Nick! —Isabella se detuvo en la acera—. Yo nunca he
salido del hotel.

—No te vas a echar atrás ahora... ¡Vamos!

—¡No puedo!

—Sí puedes, Isabella. El mundo es un sitio genial y ésta
es la única manera. Vamos, hemos de encontrarlo y darle la
arena para que nos deje en paz.

Ella lo miró asustada, y repitió:

—No puedo, Nick.

—Has dicho que confiabas en mí. Necesito que sigas
haciéndolo.

Al fin ella asintió, y ambos salieron disparados por la
iluminada avenida principal de Las Vegas. En un momento

dado, Nick dobló una esquina y, tal como había planeado, *Maslow* los estaba esperando.

—¡Buen caballo! —lo saludó.

Ayudó a Isabella a montarlo y después metió el pie en el estribo, se subió delante de ella y se instaló en la silla.

—Veamos si realmente este caballo puede cabalgar por el desierto.

—¿Qué estás haciendo? —gritó Isabella, mientras *Maslow* cabalgaba por la acera.

—Escapar. ¡Agárrate bien!

La chica se le abrazó a la cintura, al mismo tiempo que *Maslow* saltaba por encima de un BMW y de una limusina. Calle abajo, Nick oyó sirenas de policía.

—¿Y si nos siguen a nosotros?

—En cuanto lleguemos a las arenas del desierto, los coches patrulla no serán rivales para *Maslow* —repuso Nick mirando atrás.

—Sé que debería estar asustada, ¡pero esto es increíble!

El chico pensó en la vida de su amiga, transcurrida dentro de los límites del casino familiar. En cambio, ahora había alrededor montañas rusas, luces, gente, vallas publicitarias y carteles animados anunciando todas las actuaciones de Las Vegas.

Le pidió a su montura que corriera más, pues detrás de ellos, a lo lejos, se oían los sonidos sibilantes de los Guardianes de las Sombras y hasta se percibía el batir de sus alas.

El caballo era incansable. Llegado a un punto concreto, Nick logró apartarse de la calle atestada y se adentró en el desierto. Tiró de las riendas, pero el animal no necesitaba que lo dirigieran; era como si el akhal-teké supiera instintivamente adónde debía ir.

En el desierto, las estrellas se desplegaban por el cielo, la luna llena lucía en lo alto y atravesándola, altos como nubes de la muerte, volaban los Guardianes de las Sombras de alas coriáceas.

181

LOS GUARDIANES
DE LA MAGIA

LIBRO PRIMERO

CAPÍTULO

25

FUEGO, AGUA, VIENTO Y ARENA

NICK SABÍA QUE *Maslow* RESISTIRÍA CORRIENDO MÁS de trescientos kilómetros por el desierto sin beber agua. Así pues, contaba con la resistencia del caballo y confiaba en la leyenda de la extraordinaria raza de los akhal-teké.

Por su parte, *Maslow* parecía encantado con aquella sensación de libertad y con el desafío de dejar atrás a los Guardianes de las Sombras.

Galopaba desenfrenadamente, pero por lo visto ni siquiera sudaba, sino que más bien ganaba velocidad a medida que se adentraban en el desierto.

Nick sintió el viento fresco y arenoso en la cara y, de no haber estado huyendo de aquellas criaturas, le habría entusiasmado esa cabalgata nocturna. Como en el desierto hacía frío por la noche, se le puso la carne de gallina, e Isabella, vestida con su batita de manga corta, temblaba, aunque el chico no estaba seguro de si se debía al frío o al miedo, o por las dos cosas a la vez.

Guio al caballo aún más adentro, pero los Guardianes de

182

las Sombras no dejaban de sobrevolarlos como espectros, profiriendo siseos, gritos y alaridos inhumanos.

—¿Sabes lo que estás haciendo, Nick? Por favor, dime que es así —le suplicó Isabella.

—Sí, sí lo sé —la tranquilizó él.

—No intentes enfrentarte a ellos tú solo porque aún no eres lo bastante poderoso. Necesitas a Damian y a Teo.

Al pensar en ellos dos, Nick sintió una punzada de ira en las tripas.

—No los necesito. Yo adiviné qué querían y qué abría la llave. Y he sido yo quien ha entrado en la sala acorazada.

—Hablas como un Guardián de las Sombras impresionado ante su propio poder.

—Sé lo que estoy haciendo, Isabella. Esas bestias se fortalecen por la noche, así que correremos hasta que salga el sol.

Siguieron adelante; *Maslow* continuaba inagotable, y Nick confió en que el hechizo que Irina le lanzó al animal le diera una buena dosis de resistencia extra. Parecían fundidos en un único ser y al chico le encantaba que, con sólo pensar en tomar una dirección, el caballo le obedeciera. 183

Aun así, Nick estaba agotado, y cuando asomaron las primeras luces de la aurora, como jirones grisáceos surcando el cielo, notó que le habían salido ampollas y moretones; seguro que a Isabella le pasaba lo mismo. Ambos estaban sucios de arena y polvo, que se les pegaba en las mejillas y les cubría el pelo y la boca, provocándoles picazón en los ojos a cada parpadeo.

Pero al salir el sol, los Guardianes de las Sombras detuvieron su vuelo y, uno tras otro, se replegaron sin dejar de chillar, emitir silbidos ni de combarse allá en lo alto, igual que halcones, y fueron desapareciendo. Por fin no quedó ni uno a la vista.

Nick ordenó a *Maslow* que aminorase la marcha, primero al trote y luego al paso.

—¡Lo hemos conseguido, Isabella!

No podía creerlo: ¡su plan había funcionado!

—Déjame desmontar, aunque sólo sea un momento —le rogó ella.

Nick se imaginaba cómo debía de encontrarse su prima, y en cuanto a él, tenía claro que tardaría en montar de nuevo si es que alguna vez volvía a hacerlo.

Ambos descabalgaron. A él le temblaban las piernas y los músculos apenas le respondían; tenía rampas en las pantorrillas y en los tendones de las corvas. Cayó de rodillas, e Isabella se tumbó en la arena, tan exhausta que él creyó que su prima iba a dormirse ahí mismo. Nick cogió con rapidez un puñado de arena y se lo metió en el bolsillo. El sol se elevaba ya sobre el desierto, pintando el cielo de tonos rosáceos y violetas, sin una nube a la vista.

Palpitándole los flancos, *Maslow* se acercó a una planta achaparrada, mordisqueó unas hierbas y relinchó suavemente.

Y en ese instante lo vieron: sobresaliendo por encima de una duna, se les acercaba… el monje.

Isabella se puso en pie como pudo y se quedó junto a Nick diciendo:

—¡Ojalá estuviera aquí *Sascha*!

El chico se asustó, y descubrió que tenía la boca tan reseca que no le quedaba saliva para humedecerse la lengua ni los labios.

—Vaya, pequeño Kolia, volvemos a encontrarnos.

El monje iba vestido a la usanza de la época en que vivió con la familia del zar: una túnica larga y negra. Pero no sudaba ni una gota pese al calor matutino, cada vez más intenso.

—No me llames así. No te he dado permiso para hacerlo.

—No te veía desde que eras un bebé en brazos de tu madre; ese día llorabas. Y ella también, suplicándome compasión. Así que hoy te haré llorar de nuevo.

El monje tenía ojos de loco y de un fantasmagórico color claro, y la desgreñada barba le llegaba más abajo de la cintura; la llevaba tan estropajosa y sucia, que Nick pensó que era como si unos ratones salvajes hubieran correteado por ella.

—¿Qué quieres de nosotros? —preguntó Isabella.

—Pregúntaselo a tu primo: él lo sabe. ¿O es que le esconde secretos a su familia, como hizo antes su madre?

Isabella miró al chico con expresión interrogante, y él, sacándose la bolsita de su madre del bolsillo, replicó:

—Quiere esto, y no es ningún secreto. ¿Hacemos el trato?

—Desde luego. Únete a mí, dame la arena que falta y os dejaré en paz a tu familia y a ti. De lo contrario… sufrirás. Y todos ellos también.

—Nick… —El pánico impregnaba la voz de Isabella.

—Ha tenido en su poder el Reloj de Arena Eterno todo este tiempo, pero no funciona, y él no ha sabido por qué —le explicó el chico—. Es eso lo que quiere. Mi madre robó la arena del reloj y, sin ésta, no es posible detener el tiempo.

—Pero si cierras este trato, él se convertirá en un ser demasiado peligroso. ¿Es que no lo has pensado?

—Ahora ya no importa. *Mamasha tvoya-to umerla ni za chto ni pro chto* —dijo el monje, y escupió en el suelo.

—¿Qué significa eso? —quiso saber Nick—. ¿Qué ha dicho?

Isabella le cogió la mano, se la apretó y le murmuró:

—Tu madre murió en vano. Fue él, Nick. Él estaba allí.

—Dame la arena, Kolia —ordenó el monje con voz malévola—, y quizá te permita vivir.

—Vete ahora mismo, Rasputín, y quizá no te mate —dijo alguien detrás de Nick e Isabella.

Era Damian.

Nick se giró y vio al mago codo con codo junto a Irina y Teo. Se sintió invadido por una oleada de valor y desanudó el cordel de la bolsita de terciopelo.

—Acércate a mí o a mi familia y tiraré esta arena al desierto. Así tu reloj se quedará estropeado por toda la eternidad.

185

—No te atreverás.

Nick tiró aún más del cordel y abrió la bolsita.

—Ya lo creo. Sin dudarlo.

En éstas, el monje contempló con fijeza a Isabella. Sin mover siquiera un dedo, sino sólo con la intensidad de la mirada, logró que la chica jadeara, palideciera y cayera al suelo inconsciente.

—¡Isabella! —chilló Irina, corriendo a su lado, mientras Damian levitaba y volaba hacia el monje.

—¡Lo lamentarás! —le gritó.

Se produjo un fogonazo, y un relámpago fue a dar contra el suelo cerca del monje, dejando una profunda marca y una sima de oscuridad humeante y apestosa.

El monje contraatacó lanzando el mortal aceite negro característico de los Guardianes de las Sombras, que rezumó en dirección a Isabella e Irina, como si se hubiera roto una plataforma petrolífera.

—¡La arena se perderá para siempre! —gritó Nick, y levantó el brazo sujetando con la mano la bolsita de terciopelo.

Pero en ese instante sintió un feroz ataque de dolor y, al tiempo que se le caía la bolsita de la mano, ésta se alejó por el suelo, como moviéndose por propia voluntad, en dirección al monje. Nick se mordió los labios para no gritar y se lanzó a por ella, mientras la arena del desierto se le metía en los ojos hasta casi cegarlo. Damian, por su parte, pronunció un hechizo que arrojó un chorro de agua, como un chaparrón repentino en mitad de una tormenta, que apartó el aceite negro de Irina e Isabella.

Nick alcanzó por fin la bolsita y, aunque ahora le quemaba al tacto, la agarró y la apretó contra el pecho. Acto seguido, pronunció el hechizo de su madre:

—*Oberezhnyj scheet predkov hranit menia.*

—Tu familia no puede protegerte, como no pudo proteger a Anastasia. Sólo yo tengo ese poder —sentenció Rasputín, quien posó sobre Damian una mirada cargada de odio, y Nick observó, horrorizado, cómo su poderoso primo gritaba de dolor y, llevándose la mano al corazón, caía al suelo.

Nick abrió la bolsita del todo y, vertiéndose un poco de arena en la mano, exclamó:

—¡Pienso hacerlo!

—Crío estúpido, ¿no te das cuenta de que harán lo que sea por tener el reloj de arena? Te has puesto de su lado, pero ellos quieren la reliquia tanto como yo. Te matarían por ella, igual que haré yo. Se trata de una vieja batalla y tú estás pillado en medio.

—No, no. Ellos quieren la reliquia para honrar la magia y para hacer el bien con ella.

—¡Ah, ya! ¿Y por eso han robado tantas a lo largo de los tiempos? No son más que ladrones. Y las guardan en su sala acorazada para que nadie se las toque.

—Adelante, Kolia —dijo Teo, que estaba detrás de su joven primo—. Se equivoca. La familia es lo único que nos ha importado siempre: protegernos unos a otros y querernos. Tira la arena. El amor que sentimos es lo que cuenta.

—¿Como el que sentías por Tatiana? —preguntó el monje—. Tú me guiaste hasta ella como los guijarros que Hansel y Gretel dejaron en el bosque.

Nick notó la mano de Teo presionándole el hombro.

—Puede que te guiara hasta ella, pero si fui allí fue por amor.

—Entonces, ¿por qué no se lo cuentas?

—¿Contarme qué? —preguntó Nick.

—No le hagas caso. Tergiversa las palabras para convertirlas en mentiras —respondió Teo.

—Cuéntale quién es su verdadero padre, Teo. Cuéntale por qué él es el príncipe.

Nick miró despavorido a Teo y quiso saber:

—¿Qué está diciendo?

187

—Tonterías.

Y entonces, exteriorizando una furia que Nick nunca le había visto, Teo echó a volar por el aire como un pájaro salvaje y golpeó al monje, que dio tumbos hacia atrás.

—¡Dame la arena! —dijo éste.

Y Teo gritó:

—¡Nick, tira la arena! No significa nada. La familia lo es todo.

El chico echó una ojeada alrededor: Isabella aún yacía en el suelo inconsciente, e Irina se inclinaba sobre ella; Damian parecía desangrarse. De modo que sólo estaban Teo y él contra el monje.

—¡Tira la arena, Nick! —ordenó de nuevo Teo—. No conseguirá lo que ha venido a buscar, al menos mientras estemos unidos.

Nick sacó su espada y lanzó el reluciente filo por los aires. El arma le dio de lleno al monje en la cara y le hizo un corte. Nick ahogó un grito, porque había logrado lo que Boris le dijo en su momento: la espada, utilizada correctamente, encontraría su objetivo.

—¡Tira la arena! —lo apremió Teo. Nick vacilaba—. Nick… por una vez, tienes que confiar en mí.

El chico asintió. Y aunque sabía que su madre había muerto para proteger esa arena, abrió la mano, y las partículas doradas se alejaron con la brisa matinal.

—¡Noooooo! —chilló el monje, mientras la sangre continuaba brotándole de la herida del rostro.

—¡Ese corte es en honor de Boris! —exclamó Nick y, dándole la vuelta a la bolsita, esparció el resto de arena. Una ráfaga se la llevó volando, y él contempló las motas de oro flotando en el aire.

Entonces Teo agitó las manos y se puso a dar vueltas, atrayendo arena del desierto en un torbellino rotatorio. Ésta giraba cada vez más rápido, como en un embudo, y Teo se la arrojó directamente al monje. La tormenta de arena pilló de lleno al Guardián de las Sombras, lo atrajo hacia la masa rotatoria y se lo llevó, rumbo al lejano horizonte. Nick oyó un angustiado alarido, que retumbó como un eco por todo el desierto, al mismo tiempo que contemplaba el rostro de Teo consumido por la concentración, hasta que al fin éste cayó al suelo, exhausto, cuando el torbellino ya no era más que una mancha en la distancia. Nick se agachó junto a él.

—¿Estás bien?

—Lo estoy si tú lo estás.

El chico asintió. Entonces corrió al lado de Isabella.

—Despierta, prima favorita. Despierta.

Ella parpadeó y el chico la abrazó diciendo:

—¡Estás bien!

Isabella le dijo que sí con la cabeza, aunque todavía estaba pálida y tenía los labios secos y agrietados.

—Nick…

—¿Qué?

—Antes de volver a casa… ¿puedo probar un trozo de pizza?

189

Él se echó a reír y le replicó:

—Naturalmente. Pizza y hamburguesas con queso. Y me da igual lo que digan los demás.

SIN VUELTA ATRÁS

DAMIAN ESTABA TRATANDO DE PONERSE EN PIE, y Nick y Teo fueron a ayudarlo.

190

—Mirad, ahí —señaló Damian. Encima de una duna, puesto cabeza abajo, estaba el Reloj de Arena Eterno—. Se le habrá caído a Rasputín cuando Teo lo ha mandado a paseo. —Los tres se aproximaron con dificultades hasta el objeto. Y Damian, frunciendo el entrecejo, comentó—: Me alegro de que no se lo haya llevado él, pero a pesar de todo, es una de nuestras reliquias, y se ha echado a perder para siempre.

—Tal vez no —respondió Nick con una sonrisa.

—¿Qué quieres decir?

El chico sacó una bolsita del otro bolsillo.

—Aquí está la arena.

—¿Cómo? —preguntó Teo, incrédulo—. ¿Y la que has tirado al desierto?

—Arena del desierto —contestó el chico sin dejar de sonreír—. Antes he cogido un poco. Lo que se ha llevado el viento era arena normal, en vez de la del Reloj de Arena

Eterno. Por fin, el gran Rasputín se ha dejado engañar por un simple juego de manos.

Damian se rio y le alborotó el pelo.

—¡Eres un genio, primo! ¡Un genio! Un truco digno de la familia, digno de tu legítimo lugar entre nosotros.

—¿Podemos irnos ya a casa? —preguntó Nick.

—¿Y comprar una pizza? —sugirió Isabella.

—Sí a las dos cosas —respondió Damian. Se acercó a *Maslow* con paso vacilante y le dio unas palmadas—. Fue una buena elección, ¿no os parece?

Nick asintió y Damian se lo quedó mirando. No le dijo nada, pero al chico le bastó esa mirada.

—Hemos de darnos prisa: esta noche tenemos espectáculo.

Nick protestó en su interior, pero ahora entendía que Damian era así. Lo importante era el espectáculo, que los mantenía a todos unidos. Y el espectáculo debía continuar.

—Aquí tiene, Gran Duquesa —murmuró Nick.

Después de que Damian los transportara a casa por arte de magia y de comerse la pizza prometida, ducharse, abrevar a *Maslow* y recuperarse de las heridas, Nick llevó el ya reparado Reloj de Arena Eterno a la habitación de la Gran Duquesa y se lo puso con delicadeza en el regazo.

Ella recorrió el borde con sus viejos y deformados dedos, presionando la inscripción en cirílico.

—Es cierto, ¿sabes?

—¿El qué?

—El tiempo no se detiene para nadie. A veces añoro mis días de juventud, la época anterior a ese monje malvado; la del Pequeño Dúo y el Gran Dúo. El dolor disminuye con el tiempo, pero éste parece ignorarlo y a veces está tan fresco como una herida de puñal.

—Pero ahora volvemos a poseer esta reliquia, Gran Duquesa. Es nuestra otra vez.

—Sí, es cierto, pero él vive.

—A lo mejor se mantendrá a distancia, persiguiendo otras reliquias.

—Tal vez. Pero creo que tú, mi joven Kolia, eres la reliquia que él más desea.

—¿Yo?

—Eres un Observador. Nace uno en cada generación.

—Así que fue Damian... ¿y ahora yo?

—Teo, y ahora tú —sonrió ella, enigmática—. ¿Un dulce? —le ofreció acercándole el pesado cuenco de cristal con caramelos.

—No, gracias.

Nick contempló la nieve que caía sobre el casino. Los periódicos y la televisión aseguraban que el nuevo espectáculo era el mayor éxito de la historia de Las Vegas. A él lo aclamaban y lo calificaban de temerario, de nuevo mago por derecho propio. Y con respecto al incidente de *Maslow* galopando suelto por la principal avenida de Las Vegas fue astutamente presentado por un portavoz del casino —su primo tercero Dmitri— como un simple ardid publicitario.

—Gran Duquesa... —musitó Nick.

—¿Dime, querido?

—¿Puedo preguntarle algo?

—Desde luego.

—¿Qué quiso decir Rasputín cuando le pidió a Teo que me contara la verdad relacionada con ser un príncipe? ¿Qué más me está ocultando la familia?

La Gran Duquesa se sacó del moño una peineta de diamantes, que lucía cinco gemas del tamaño de una moneda, y se la recolocó en el cabello blanco como la nieve.

—Eso no puedo decírtelo, Nikolai: hay secretos que son de los dos hermanos. Lo único que puedo contarte es que, tras la muerte de tu madre, cambiaron.

—¿Cómo?

—Teo dejó de actuar.

—¿Antes actuaba?

—Realizaban un número los dos juntos. Un número que, tal vez hasta la última noche, nunca fue igualado en ningún lugar del mundo. Pero después de esa noche, Teo se consagró a la historia familiar, al legado, a la búsqueda de reliquias y a impartir enseñanzas; se enterró en los libros y en la historia sin descanso, sin dormir nunca. Creo que te ha estado esperando todos estos años.

—Pero en el desierto ha sido más fuerte que Damian.

—Acércate; te contaré un secreto. —Nick se inclinó hacia ella. La Gran Duquesa se le aproximó y, en un susurro fantasmal, dijo—: Tú eres más fuerte que ellos dos. Lo único que debes hacer es encontrar tu destino.

El chico asintió y se quedó mirando de nuevo la nieve. Le preocupaba la familia, le preocupaba que el monje regresara. Ahora ya sabía por qué la Gran Duquesa se pasaba el día cavilando mientras observaba esa nieve: era mucha la responsabilidad que pesaba sobre ella. Y ahora él sentía el peso de la familia en sus propios hombros.

Deseó no haber visto nunca a los Guardianes de las Sombras, pues la visión todavía se repetía de vez en cuando: esos rostros fundiéndose en aceite oscuro, esas alas que les salían, su agonía… No quería esa visión en su cerebro. Ni esa, ni ninguna. Ojalá estuviera de nuevo en su cuarto del Pendragon, del que le parecía haberse ido hacía mucho. Ella tenía razón: el tiempo no se detiene.

Su destino, igual que el tiempo, seguía su curso. E igual que cuando soltó la arena, ya no había vuelta atrás.

193

LOS GUARDIANES
DE LA MAGIA

LIBRO PRIMERO

CAPÍTULO

27

NACE UN PRÍNCIPE

NICK ENTRÓ EN EL AULA, DONDE TEO ESCRIBÍA EN un gran libro con una pluma estilográfica relle-
na de tinta mágica invisible; la única que usaba.

—¿Qué es eso?

Haciendo un gesto exagerado, Teo escribió la última letra en cirílico, según supuso Nick, y cerró el libro.

—La historia familiar —respondió—. Continúo regis-
trando cada hecho, cada nacimiento, cada muerte, cada desastre, cada reliquia encontrada, cada batalla y cada secreto.
Y a partir de ahora, tú formas parte de la historia, pues has
ayudado a derrotar a Rasputín… de momento.

—¿A que se refería cuando te dijo que me contaras la
verdad, Teo?

—¿Qué es la verdad?

—Hablas utilizando enigmas. Como todos.

—A lo mejor es el estilo de la familia.

—Pero ¿por qué no soltáis las cosas y ya está?

—Puede que sea el estilo ruso —contestó Teo, riéndose—. ¿Sabes?, durante siglos, los rusos tuvieron fama de

ser taciturnos, y yo nunca entendía el motivo, pero ahora creo que se trata de esto. —Dio unas palmaditas en el libro.

—Ya estamos otra vez. Pero ¿de qué hablas?

—La historia de nuestra familia está ligada a la de la Madre Rusia. Y no es, precisamente, una historia feliz. Cuanto más aprendes sobre ella, más entiendes por qué la Gran Duquesa se pasa el día contemplando la nieve. —Dio tres golpes en el escritorio y, girando la cabeza, escupió tres veces por encima del hombro—. No hablemos más de cosas así, sino sólo de lo bueno.

Nick suspiró. Era obvio que aquel día no iba a sacar nada en claro.

—Tengo que ir a prepararme para el espectáculo.

—Otra cosa. —Teo se levantó, se le aproximó y le entregó un libro—. No se lo digas a Damian. Y utilízalo con sabiduría.

Nick lo examinó y abrió la cubierta. Las páginas estaban en blanco, pero al tocarlas, se llenaron de escritura cirílica. Y enseguida apareció un nombre en la primera página: «Tatiana».

—Es el libro de hechizos de mi madre.

—Recuerda: al igual que tu espada, la bola de cristal y todo lo mágico, si no lo usas bien, aún te resultará más complicado esclarecer la verdad.

Nick asintió y salió del aula para ir a su habitación. Una vez dentro, dejó el libro junto a los huevos imperiales. Quería averiguar más sobre lo que le había pasado a su madre. Pero a lo mejor Teo tenía razón. A lo mejor la verdad no era tan fácil de descubrir como él creía.

Se tumbó en la cama y, antes de darse cuenta, se quedó profundamente dormido.

Nick despertó sintiendo el peso de los trescientos cincuenta kilos de *Sascha* encima del pecho, oliéndole el alien-

195

to con aroma a pescado y notando el cosquilleo de sus bigotes en las mejillas.

—¡Arriba! —le gritó Isabella, que estaba de pie junto a la cama, ya vestida para la representación—. Actuamos en veinte minutos y, si llegas tarde, Damian te mata.

—Si fueras tan amable de quitarme este bicho de encima...

Sascha no se movió hasta que Isabella chasqueó los dedos. A veces, esa tigresa resultaba exasperante.

Nick saltó de la cama, sacó a toda prisa uno de sus trajes del armario y se puso la camisa.

—¡Vamos!

Corrieron pasillo abajo, acompañados de *Sascha* que brincaba al lado de ellos, mientras Nick se abrochaba; el cuello enjoyado de la camisa le rozaba un poco.

Desde las profundas entrañas del casino, atravesaron pasillos de cemento y salieron en pleno bullicio del mayor espectáculo de Las Vegas, y quién sabe si del mundo. Por un instante, Nick se quedó quieto mientras sus primos, primas, tías, tíos y parientes lejanos, es decir, la familia entera, correteaban a su alrededor.

—¡A vuestros puestos! ¡Deprisa!

El chico escuchó los violines, que afinaban en el foso de la orquesta y, en éstas, su prima Olga se le acercó, le puso bien el cuello y le pasó un peine por el pelo.

Damian, al divisarlo, arremetió contra él con expresión furiosa y le espetó:

—¡Entra en el túnel ya y monta a *Maslow*! ¡Y no vuelvas a llegar tarde!

Nick echó una ojeada a Isabella.

—Recuerda: ¡no la pifies! —bromeó ella.

En un extremo del escenario, entre bastidores, Irina ensayaba con los osos polares, y Teo, con una inclinación de cabeza, lo saludó desde el otro extremo. Sonriendo, Nick bajó en un pequeño ascensor hasta un túnel poco iluminado. Frente a él se hallaba su amado caballo, que relinchaba llamándolo; detrás de él estaba su familia, y su destino retrocedía hasta siglos atrás, pero al mismo tiempo se proyectaba hacia delante, hacia su futuro.

Echó a correr y, retumbándole las pisadas en el suelo metálico, llegó hasta donde se encontraba *Maslow* y montó.

—Te comportaste muy bien en el desierto, amigo mío —le murmuró.

El caballo alzó la cabeza majestuosamente, como corresponde a un akhal-teké.

La orquesta inició su interpretación.

«Bum-bum-bum», resonaban los timbales.

Se abrió la trampilla y, Nikolai Rostov y su caballo, iluminados por los focos, surgieron del sótano del casino. Nick se irguió encima de *Maslow*, levantó la cabeza y se dejó inundar por el resplandor de los reflectores, como corresponde a un príncipe de los Guardianes de la Magia.

La aventura continúa
en la segunda parte
de los Guardianes de la Magia:

La pirámide de las Almas

Prólogo

Barrio de Spring Garden, Filadelfia, 1844

SENTADO ANTE SU ESCRITORIO, EDGAR ALLAN POE contemplaba por la ventana el cielo; era medianoche. Su esposa, Virginia, que dormía en el pequeño dormitorio de la parte de atrás, no cesaba de toser. La tuberculosis estaba acabando con su salud, y más que nunca, Poe buscaba con desesperación un éxito: un poema o un relato que sedujera la imaginación de algún editor y de todo el país, que lo hiciera rico y famoso, para así ser capaz de cuidar de ella. Pero la inspiración no llegaba.

Pluma en mano, bajó la vista y se quedó mirando fijamente el papel, mas sólo veía una hoja en blanco, cuyo vacío se burlaba de él. Tomó entonces un sorbo de oscuro brandy que, aunque no quisiera admitirlo, era a menudo su fuente de inspiración. No obstante, esa noche, las musas no aparecían.

—Por favor… —susurró con desespero, casi como una plegaria—. ¡Ven inspiración! Eso es lo que necesito.

Y continuó oyendo la tos convulsa de Virginia que llegaba desde el dormitorio de atrás.

199

Apoyó la cabeza entre las manos, y la angustia se le reflejó en el pálido rostro.

Tat-tat-tat.

Poe casi se muere del susto al oír ese ruido. Observó la botella de brandy. ¿Tenía alucinaciones? Pero en ese momento lo oyó otra vez: había algo en la ventana. Y sin embargo, era imposible, porque estaba en el segundo piso.

Temblando, se puso en pie, se acercó a la ventana y escudriñó la oscuridad de afuera.

¡Tat-tat!

El ruido era más insistente; se trataba de unos picotazos en los cristales.

Entornando los ojos a la luz de la lámpara, Poe abrió la ventana con cautela. Un gran pájaro negro lo observaba inquisitivamente desde el alféizar. Parpadeando dos veces, dio un paso al frente y se posó en el suelo.

—Érase una vez, en una triste medianoche… —pronunció el pájaro con una voz tan clara como la de Poe.

Éste retrocedió tres pasos y se cayó en una silla.

«Estoy alucinando», se dijo.

—Nada de eso. Estoy aquí para cumplir tu mayor deseo.

—¿Un cuervo que responde a mis deseos? —inquirió Poe sin creer que estuviera hablando con un pájaro, y sin la seguridad de no estar soñando o de que le hubiera sentado mal el brandy.

—Me llamo *Miranda* y soy la respuesta a tu plegaria. Escribe lo que yo diga y serás recompensado. —Poe se lo quedó mirando—. Coge la pluma. Vamos, empieza a escribir —insistió el cuervo. Dio unos cuantos saltitos y usó el pico para arreglarse las plumas, que bajo la luz brillaban como la mica.

Poe regresó al escritorio, todavía inseguro de todo —hasta de su propia cordura—, mojó la pluma en la tinta y se puso a copiar las palabras que le dictaba el ave.

—Mientras cabeceaba adormecido… —recitó el cuervo. Y Poe lo anotó.

Cuando el pájaro hubo terminado, el escritor contempló las dieciocho estrofas del poema, de seis líneas cada una. Era perfecto. El mejor poema que había escrito nunca, aunque no fueran sus propias palabras.

—Este poema te hará famoso, Edgar Allan Poe —dijo el cuervo con orgullo. Estiró las alas y agitó las plumas de la cola.

—Pero ¿por qué me has ayudado? —preguntó Poe con la vista fija en el poema, aún maravillado ante su perfección.

Miranda echó a volar y aterrizó en el escritorio; los ojos le brillaban como dos brillantes negros de varias caras.

—A cambio de este poema, un día volveré y te pediré un favor. Y será mejor que no me lo niegues, Edgar Allan Poe, o experimentarás la perdición y la muerte. ¿Lo has entendido?

—¿Qué clase de favor? —quiso saber él.

—Un favor mágico. A lo mejor necesitaré que me guardes algo, para tenerlo a buen recaudo de... de unas fuerzas que no entenderías. Las Sombras.

Poe tragó saliva. ¿Valía la pena semejante trato? Pero ahí, ante él, tenía esas magníficas palabras sobre el papel. Y sí, sí valían la pena. Sin lugar a dudas.

—Trato hecho —le dijo al pájaro.

—Estupendo —contestó el ave. Afuera, un fortísimo viento se levantó de golpe y llenó la habitación de un frío glacial—. Están cerca —murmuró el pájaro. Y, de inmediato, se dio a la fuga y salió volando del cuarto, mientras su voz resonaba en plena noche—: ¡Están cerca! ¡Están cerca!

Edgar Allan Poe se apresuró a cerrar la ventana y echó el pestillo, temiendo por su vida. Regresó al escritorio y, a pesar del gélido aire que había entrado, sudaba por lo nervioso que estaba. Se preguntó qué clase de acuerdo acababa de cerrar y cuánto iba a costarle...

201

AGRADECIMIENTOS

U N AGRADECIMIENTO INMENSO, COMO SIEMPRE, a mi agente, Jay Poynor, al que le encantó la idea del libro y que nunca dejó de apoyarme en mi empeño por escribir.

A Lyron Bennett, mi editor en Jabberwocky, que dirigió la redacción de este libro con sus notas y preguntas. Como escritora he encontrado a mi media naranja y agradezco la inspiración y todas las ideas que me brindó. El libro —y yo como autora— salimos ganando infinitamente con sus puntos de vista.

A Irina Polyakova, que me tradujo frases al ruso y fue más que generosa al brindarme su conocimiento de la lengua y la cultura rusas. Agradezco mucho la paciencia que tuvo conmigo.

A Writer's Cramp —Pam, Jon y Melody— por los martes y el poder de las teleconferencias, la amistad, la dedicación… y el sushi.

A mis jóvenes amigos —la «banda» de New Hope—, Miranda, Lauren, Allison, Maggie, Josh y, muy especialmente, Jacob, que siempre logra que me sienta como una escritora especial.

A mis sobrinas y sobrinos, a los que adoro: Tyler, Zachary y Tori y Cassidy (Gemelas 1); y Pannos y sus hermanas, Sofia y Evanthia (Gemelas 2).

Y por último, a mi familia. En especial, por lo que se refiere a este libro, a mis hijos, que han sido maravillosamente comprensivos con los plazos de entrega, y me han ayudado a bautizar a tigres y osos polares y a concebir un universo en el que existe la magia. Porque al fin y al cabo, la familia es mágica.

ESTE LIBRO UTILIZA EL TIPO ALDUS, QUE TOMA SU NOMBRE

DEL VANGUARDISTA IMPRESOR DEL RENACIMIENTO

ITALIANO ALDUS MANUTIUS. HERMANN ZAPF

DISEÑÓ EL TIPO ALDUS PARA LA IMPRENTA

STEMPEL EN 1954, COMO UNA RÉPLICA

MÁS LIGERA Y ELEGANTE DEL

POPULAR TIPO

PALATINO

* * *

* *

*

EL RELOJ DE ARENA ETERNO
PRIMERA PARTE DE
LOS GUARDIANES
DE LA MAGIA

SE ACABÓ DE IMPRIMIR
EN UN DÍA DE VERANO DE 2010,
EN LOS TALLERES DE BROSMAC, S. L.
CARRETERA VILLAVICIOSA - MÓSTOLES, KM 1
VILLAVICIOSA DE ODÓN
(MADRID)

* * *

* *

*